翼想本

人生售後服務部
SECOND LIF
AFTER-SALE
DEPARTMEN
05
千川
OOI CHOON LIANG

目錄

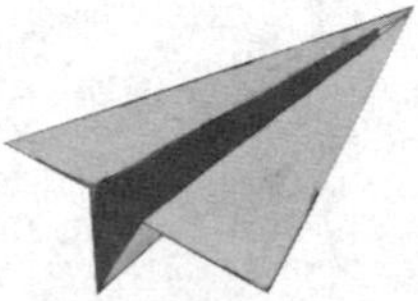

第一章 家人的鼓勵，多事的早晨

「飼主的證件？」

我瞪大眼看著面前的寵物醫生，手上還抱著虛弱的柴柴。「沒飼主證件就救不了？」

「救當然會救，但這條狗看樣子是走失了吧？所以需要比對寵物晶片，確認您的身分是否是這隻狗狗的主人……」

「狗是我朋友的，今天剛找到，但她現在不方便過來。」我掏出身分證，「但如果有任何問題，找我就是。」

也許終歸知道這是一條性命，寵物醫生並沒有和我繼續糾纏流程上的問題，他小心地抱起了虛弱的柴柴，柴柴很安靜，沒有多少掙扎。

或許是知道自己需要治療，又或許是真的沒有太多力氣，柴柴用很輕的聲音向我低嗚了一聲，如同一隻害怕被拋棄的幼貓。

我伸手摸了摸牠的頭，「沒事，有我在呢。」

我跟著醫生進去，看著他拍X光、驗血，耳中聽著柴柴不滿地嗚咽，剛才緊繃的心忍不住放鬆下來，特別是看到寵物醫生沒有露出什麼凝重的表情，只是不斷輕聲安撫柴柴後……

我不知道柴柴是怎麼想的，反正我是被安撫了。

「主要還是虛弱，有些擦傷的傷口出現感染，已經做了消炎處理，左前掌有輕微骨裂，打上石膏後應該問題不大，但走起來會很疼，所以不要讓牠亂動，這些天要注意一下飲食和休息……」

「這些天？」我注意到醫生的用詞，頓時有些緊張。「牠需要多久才能恢復過來？能不能盡可能快一些……」

畢竟我還想依靠柴柴去尋找若嵐，如果柴柴身體虛弱，這件事就得延後。如果若嵐沒事，便沒有什麼關係，但看到連柴柴都離開若嵐了，我心中自然忍不住擔憂起來。

柴柴為什麼離開若嵐？莫非是前來求救嗎？

寵物醫生聽到我的話皺了皺眉，不滿之情近乎沒有掩飾，「怎麼？牠難道還有班要上？」

這話嗆得我啞口無言，看得出來，他對我沒有照顧好狗這件事很不滿。

「因為這狗是我朋友的，我怕她看到會難受。」

「她有到警局報失嗎？如果有的話，我這邊電腦應該可以查到資料。」

我聽到這句話不由心中一動，搖搖頭，「還沒來得及，幸好把狗找回來了。」

醫生聽到這句話，不知道聯想到什麼，臉色變得更加不好看了，他嗤笑一句：「牠真的是走丟的嗎？」

「什麼意思？」

「就和人一樣，老了廢了都會被嫌棄……」

我頓時明白醫生的意思。

如果柴柴是被主人拋棄的，那麼自然就不會有主人去報案。

我本能地否認：「不是你想的那樣……」

「無所謂了，反正你把牠抱過來，至少不是看著牠死就好。」醫生搖搖頭，對我說話的口氣倒是一下子好了不少，「不過看來也確實不用查牠的主人了。」

聽到他說了這句話，我乾脆打消辯解的想法——能不查就最好了。

關於若嵐，現在回想起來，其實方方面面都透著一種詭異感。目前這種情況，應該減少若嵐被注意的機會，畢竟……她很有可能是殺人了。

而且還是以複製人的身分殺了自己的原型。僅僅是這一段資訊，就足以讓大部分人感到恐慌了。

想想，如果一個複製人殺死了自己的原型，在大家都無法發現的情況下，他是否能夠理所當然地繼承一切？

某種程度來說，這恐怕是最讓人恐懼的死亡方式了，不僅被奪走生命，甚至從出生到死亡的一切都被人奪走。

複製人體制自然是有機制預防這種事的，可既然若嵐這件事已經發生了，毫無疑問將動搖大眾對複製人體制的信任。

有一個若嵐，為何不會有第二個？這樣的疑問一旦出現，對目前的複製人體制毫無疑問是一種衝擊。

而無論之後的複製人生活現狀會變得如何，若嵐做為這個標誌性案件的重要人物，下場幾乎是可以預見的。

絕對不可以讓這件事曝光……否則若嵐就死定了。

至少，在弄清楚所有事之前，不可以讓別人知道若嵐的存在，或者她還活著的事實。現在唯一可能幫到她的，就是我以及……林蕭然。

說起他，不得不說他真的是演了一場好戲，把所有人都騙了。但就從若嵐失蹤後他幫助若嵐掩蓋行跡的行為，讓我明白在這件事上，他應該不會出賣自己最後一位親人。

而更重要的是，我不知道該怎麼辦，就算找到了若嵐，我能做什麼呢？恐怕，踏入政壇的林蕭然會擁有遠比我更多的資源來解決這件事。

他的確不是什麼善男信女，我現在想起他當初在我面前裝模作樣想要維護公司的形象就一陣噁心。但他很可能是若嵐的最後一根救命稻草，所以即使現在對這個人已經起了厭惡之心，恐怕到時候還是要尋求他的幫助。

「麻煩過來幫個忙，抱住牠，讓牠別緊張。」

醫生的要求讓我停下了思緒，連忙過去，原來不知為何，柴柴變得有些不安起來，不斷發出威脅般的低吼，但終究沒有咬人。

醫生淡定地拿著一支注射器，我看了看那支針筒，一邊安撫柴柴，一邊問道：「這是什麼？」

「牠需要休息，但情緒不穩定，牠需要鎮靜下來，好好睡一覺……」

在簡單地治療完畢後，醫生考慮到柴柴不安的心理狀態，並沒有強求牠待在醫院，這讓我鬆了一口氣。但醫生仍要求我過幾天帶柴柴來複診，並持續治療體內寄生蟲。

當我抱著柴柴回家，一進門就聽到蕊兒發出一聲小小的驚呼，興奮地跑過來，「哪來的？」

我家以前養過一隻白色小貴賓，取名叫肉球。可惜在牠五歲的時候得了腫瘤，積極治療一段時間後不見起色，最後只好讓牠安樂死。蕊兒那時候哭得撕心裂肺，而在那之後，家裡就再也沒養過寵物。

所以蕊兒才會如此興奮。

其實當初也沒有人說不想再養一隻，可同樣的，也沒人說要再養寵物，大家都保持著一種近乎曖昧的默契。如果要說理由，恐怕這和當初我的親生母親死去，一直不願意接受現在的母親一樣。

當一艘船上的一個殘缺被換上一塊新的木板做填補，過些年，那塊新木板的顏色就會漸漸變得和船身一樣再也分不出來。然後，所有人都會忘了那艘船曾經還有另一塊木板。

可能母親和狗的區別就是，前者被父親認為是不可缺少的，因為他真的沒把握只靠自己就把兩個孩子平安無事地拉拔長大，而後者則還有餘地去緬懷。

我必須承認，當我發現分不清親生母親和現在母親的差別時，我感到很難過。我當時還去找了老爸談過這件事，我問他有沒有忘記原來的老媽，他沒有直接回答我，當時出現了一段我至今還記得的對話。

「等到我死了，你別記住我，忘得越快越好。」

「為什麼？」

「太在意死人，就會對不起活著的人。」

「……」

「覺得我無情？」

「……有點。」

「我以前也這麼覺得，可這話是你媽臨死前跟我說的，你可以先罵她。」

「……那你是已經忘了嗎？」

「是啊，忘得乾乾淨淨，一個小位元組都不留。」

我當時看著父親的雙眼，只覺得謊話說到這麼蹩腳的地步，他也算是用出吃奶的力氣了，心一軟，就沒去戳穿他。

當我發現蕊兒略帶惱怒地連聲叫喚後，我才告訴她，這是別人的狗，只是暫住一下，而且現在牠生病，不要太打擾牠。

蕊兒很失望地「喔」了一聲，一邊拿出一塊毛毯鋪在客廳的地上，我小心地把柴柴放上去。牠睡得迷迷糊糊，碰到毛毯後抬起頭茫然地看了我一眼，也許是藥物的作用讓牠困乏，很快又睡了過去。

「牠腿不方便，可能要買個輔助輪，之前的壞掉了……」我話還沒說完，就發現面前多出了一隻攤開的手掌，我茫然抬起頭。

蕊兒把手往我面前伸了一伸，「給錢！我去買！」

「我現在沒現金啊……」

「那就給我卡嘍！」

「不要亂刷喔……」我猶豫了一下，掏出信用卡交給蕊兒。

「我再買一張典藏版～」

我倒抽一口冷氣，還沒等我做出下一步反應，蕊兒就飛快地奔了出去，連門都沒有關。最終我僅僅是徒勞地伸出手，說出了遲來的那句，「……手下留情啊。」

看著打開的門，我不確定蕊兒聽到了沒有。

「回來了啊？這狗哪來的？咦……」母親的聲音在一邊響起，我轉過頭，發現母親正站在廚房門口，她的臉色漸漸變得蒼白，愣愣地看著柴柴。

良久，她輕聲問道：「是……我知道的那條狗嗎？」

我本就不指望能夠瞞過母親，做為複製人的她，在知道這麼多事的情況下，不可能猜不出柴柴的身分，只好點頭，「嗯。」

「……牠原來的主人呢？」

「……」我一下子不知道該怎麼回答。

也許是我的沉默讓母親誤會了，她惆悵地說道：「她終究還是走了啊……」

我不便解釋，況且從「字面」上理解，母親的話也沒有錯，若嵐真的是走了。

她走到柴柴身邊蹲下，臉上滿是憐惜，伸出手，想要摸摸牠，但因為柴柴熟睡的樣子，終究還是頓住了，「家裡沒有狗糧，我去做點東西給牠。」

「對不起啊，因為事出突然，我都沒來得及和妳說。」

「不用道歉，這個世上有很多事，本就是來不及說或者不能說的，家人也不例外。」母親聽到這句話，眼神奇異地看了我一眼，開口說話，卻意有所指，「重要的是，你相信你做得對，那就可以了。」

「嗯。」

「……你在做對的事嗎？修元？」

我抿著嘴，腦中閃過若嵐的側顏，想起她曾經對我說的那些話，不論是我認同的，還是不認同的，都在此刻化為了一股力量在血管裡流淌，「我在做對的事。」

「那就做得漂亮點。」老爸低沉的聲音出現在臥房門口，把手裡已經空了的草莓牛奶丟進廚房的垃圾箱，然後對我下命令——

「牛奶沒了，快去買。」

和林蕭然當初約定的正式辭職時間差不多還有大半個月，第二天我自然是照常去上班，早上醒來的時候，柴柴看上去已經好些了，至少吠叫聲要比昨天響亮。

也許是昨天晚上溫熱的食物，也許是母親身上獨有的氣味，讓牠對母親很有好感。但身體終究還是虛弱，透過電話詢問了昨天的寵物醫生後，決定再讓柴柴在家休息一天。

拿起早就已經被母親掛在鞋架上的傘，和家人打了聲招呼，我便出了門。

冬天的毛毛細雨並不讓人喜悅，只覺得吸進去的每一口空氣都混著冰冷的水氣，而吐出來的卻是身體裡所剩不多的溫暖。尤其住在鋼鐵叢林的城市之中，會更加感受到平常那種人與人之間的疏離感，進一步地增強了。

不知道是否是錯覺，我總覺得每到這種天氣，電車裡會比往常更顯安靜，能夠聽到收起的傘面和人擠在一起時發出的聲音，那聲音裡帶著一種潮溼的質感。

因為車裡很擠，而且人手一把雨傘，所以我也不願意站在人堆中間讓沾滿雨水的傘碰到我，只好一個勁往裡靠，勉強擠到牆角，卻依舊騰不出空間看手機，只好百無聊賴地抬起頭，看著那沒有聲音的電車電視。

裡面正在播放一則飛機失事的新聞，那是一班今天早上五點、由自治市飛往札幌的小客機，罹難人數包含機組人員在內剛好一百人整。事故原因從事發前機長與塔臺的交流來看，被認定是引擎起火。

就算科技不斷在進步，飛機失事這種事卻一直沒有消失，印象裡幾乎每年都會聽到這樣的事。

等我到了公司，就發現氛圍有些不對，所有人的走動都比平常快那麼幾分，聲音卻比原來低上一些。我注意到我們這裡來了幾個別的部門的人，有幾個我認識，是公關部的。

我坐到自己的位子上，見許渝媛到得比我早，和她打了聲招呼後便問道：「又出什麼事了？還是之前遊行的事公司還沒搞定？」

「不是，是別的。」許渝媛搖搖頭，她的表情看上去顯得有些鬱悶，「死人了。」

「……死人？複製人殺人了？」

「不是，是一般人自殺。」許渝媛說到這裡頓了頓，小心翼翼地看了我一眼，「你知道那個人。」

「誰？很有名嗎？」我也沒看到新聞有說誰自殺了，不由得有些疑惑。

「韓廣超。」

我茫然地搖搖頭，不明白為什麼許渝媛說我知道這個人，「不認識。」

「他女朋友是廖潔雯的複製體。」

「……」我微張著嘴巴，赫然想起自己第一次跟著若嵐做的第一件服務案子。

我還記得那個少女委屈中帶著一點點倔強的樣子，我更記得那個給人清爽感覺的少年，也是在那一次的糾紛中，我第一次見到林蕭然。

也是因為林蕭然，若嵐才沒有繼續阻撓潔雯和那個男生的交往。

「為什麼自殺？」我一下子有些難以置信，因為從當初那個男生所展露出的態度，不說陽光到極點，但毫無疑問是一個擁有正面生活態度的人。

這樣的人……竟然自殺了？

「推測是因為被阻撓，受不了戀情被迫結束的痛苦，就……從自家的陽臺上跳下去了。」

「憑什麼認為是因為失戀？」

「警方看到他的時候已無生命跡象，但他身邊有一張列印出來的照片，是和廖潔雯的合照。」

「……這還真的不知道該說什麼好。」我一下子明白了這件事的棘手之處。

如果是一對一般的戀人，其中一人自殺恐怕也就是讓社會關注一下青少年教育問題，但如果其中一個人是複製人……

我忍不住倒抽一口冷氣，「總不會要求我們強制回收吧？」

如果真的有這種呼聲，也不知道剛剛經歷風波的公司會不會頂不住壓力而妥協。

「不知道，但已經在傳一會兒上面要開會討論這件事。」

「修元。」程源的聲音從我背後響起，我轉身一看，發現他神情凝重。

「怎麼了？」

「一會九點整，你到十二樓的A2會議室報到。」

「有什麼事？」

「你知道複製人捲入一般人自殺的事件中了吧？」程源先是如此問著，看我點頭之後，他才繼續說道：「廖潔雯是你負責的，有些問題，上面要問問你。」

「你的意思是……」難道會根據我的回答來決定是否回收廖潔雯嗎？

「我沒有什麼意思，我只是單純傳達上面的話。」程源說話很謹慎，不知道是否是錯覺。我總覺得自從林蕭然離開，而高林上任後，他說話做事就小心了不少。

看來高林給他的壓力不是一點點，這也不讓人意外。想想那個前任官僚的冷面個性，再對比看看林蕭然在公司裡毫無架子的表現，恐怕未來的日子說不上輕鬆了。

不過這和我沒太多關係了，反正我只做到這個月。

我看了下手機上的時間，還有二十分鐘，這點時間恐怕只夠我簡單打掃一下自己的位子，便打消打開電腦的心思。

在大致整理之後我便上樓去，雖然臨走前我才發現桌角後側死角有一個不知道誰黏上去的膠帶痕跡，但由於時間的關係，我只能忍著那股異樣坐電梯上樓。

在電梯裡，固然在腦海中思考該如何應對可能的問題，可腦海裡的畫面卻怎麼都去不掉那塊膠帶痕跡的背景。就好像在一張放在硬幣上的紙張上勾勒畫面，最終卻依舊會被紙背後的硬幣輪廓給影響到。

這一天什麼事都還沒做，便忍不住平添了三分煩悶。

等我出了電梯，便向會議室走去，到了門口被一名穿著西裝的青年攔下。「請問你是售後服務部的鄭修元嗎？」

「是的。」

「喔，很抱歉，你現在還不能進去，請在這裡等一等……」

也就是說，大老們還有些不方便說的話要先說是吧？

我自然沒法表達什麼意見，只是心裡有些遺憾：早知道我就把桌角那個膠帶痕跡刮乾淨再上來。

我和這位青年站在門口，四目相交，青年面帶笑容，但多少有些公式化，也許是覺得氣氛開始變得僵冷，他率先開口：「我叫常彥，是和高專務一起來的，目前是他的祕書，你好。」

「你好。」我禮貌性地道了一聲好，便沒有再搭腔的意思。

我本來就對高林沒有太多的好感，因為複製人事件中他必然扮演了不光彩的角色，所以即便是他的祕書，我也覺得還是保持一定距離會比較好，反正……做完這個月我就要走了。

過了大概半個小時，會議室的門終於開了一扇，裡面露出程源的身影，他朝我招了招手，「進來吧，叫你。」

我深吸了口氣，跟著程源走了進去。

會議室裡的暖氣開得很大，讓我有一種悶熱的感受。木質的環形桌擺在會議室的中央，裡面坐了七、八位董事會的成員，我注意到左手邊最裡面坐的是高林。

他看了我一眼，點點頭，既不親近，也不疏遠。

「這麼早讓你過來，影響你工作了，不好意思啊，修元。」為首的一位六十歲左右的老者對我點了點頭。他是徐源清，先前在林仁凡董事長住院後便一直掛著代理董事長的職位，直到最近林蕭然離開公司之後，他正式接任了董事長的職位。

「不會，這也是工作。」

「今天叫你來，是有點事想問你。」

「請問。」

右手邊另一位戴著眼鏡的中年女性接過了話，她是董事會的非執行董事，和我一樣姓鄭，雖然沒有官方背景，但聽說她的丈夫是稅務局長官，所以某種程度上，可以把她當作半個稅務局對公司的溝通橋梁，「編號 IM024392，目前使用的社會身分是廖潔雯的複製人，是你負責的吧？」

「是的。」

「你最近一次上門檢測是什麼時候？」

「上個月十六日。」

「上個月，那說久也不是很久，可為什麼沒有發現問題？」

「您說的問題指的是？」

「複製人和一般人交往的問題。」

「這件事我早就知道，當時並不覺得會造成什麼問題，判斷是青少年之間很自然的火花，時間到了自然就會熄滅。」

「你知道？」鄭女士的聲音突然高了些許，聽上去一面是驚訝，一面是不滿，「那為什麼不做點什麼？」

「我所能做的只是針對客戶的勸告和說明，對沒有關係的一般人沒有辦法，而且……」

「而且什麼？」

「這件事，林專務也是知道的。甚至可以說，是他最先提出讓售後服務部不要太過干預。」

鄭女士的表情頓時變得有些不好看了，她皺眉沉吟良久，隨後向其他董事掃了一眼，冷聲說道：「他現在已經不是專務了。」

「是的，他應該快成為議員了，在這件事上，我認為完全可以問問他的意見。」

高林介入說了這句話，而我發現鄭女士的表情變得越發陰沉。「而這件事，不是隨便拎出一個小的丟出去背鍋就可以搞定，不要抱持這樣的僥倖心理。」

拎出一個小的去背鍋？是指我嗎？

我意識到這句話的意思之後，不由得看了一眼鄭女士，她見我看向她，冷哼一聲便不說話了。

「是可以談談。」徐源清插話進來，語調聽似平和，可話鋒一轉，他對高林說的話變得蘊含深意：「但是，不要太自作主張，蕭然嘛……我看著他長大，聰明是聰明，但步子終究邁得不太穩。最近公司遭了那麼大的罪，實在禁不起太多折騰，你懂我的意思吧？」

「明白。」高林點點頭，我看出來他似乎有些忌憚。

徐源清露出笑容，手指輕輕敲著桌子，似乎一下下都敲在每個人的心跳上。

「明白就好，畢竟這種事是要合作的，騙人上賊船的心思可不大好……這次，就算了，但別有下次。」

他說的是什麼意思？

我一頭霧水，完全不懂老人話語中蘊含的深意，但看高林那微皺的眉頭，他應該是聽明白了。

第二章 老舊的手機，謹慎的若嵐

「別急著走，先等等，還有事和你說。」會議結束後，高林叫住了我，也不等我回話，就率先往前走去，「跟我來。」

聞言我只好跟上，並盡力讓自己腦海中的膠帶痕跡淡去。我並不喜歡他這種不給人餘地的態度，我和這個人雖然說不上兩看相厭，但好感也確實不存在一分半點。

我跟他走進了曾經屬於林蕭然，而現在屬於他的辦公室，卻見到兩個出乎意料的人。

林蕭然和劉祕書。

林蕭然此刻穿著筆挺的西裝，頭髮打理得一絲不苟，坐姿也不像以前那般吊兒郎當。彷彿離開公司之後，他就從裡到外發生了蛻變。

「看表情就知道吃癟了吧？」林蕭然坐在沙發上，喝著咖啡，表情有些幸災樂禍，而劉祕書則面無表情地看著我們，僅僅點了下頭就算打過招呼了。

「你以為是誰的關係？」高林哼了一聲，「那老狐狸心眼小著呢！」

老狐狸？是指徐源清嗎？

我思索著他們的話，推斷著話語裡流露出的資訊。

「年紀一大把了就別計較，還能計較多少年呢？況且他想要吃魚，又不想沾腥，怎麼可能？」林蕭然微微一笑，轉頭看向我：「好久不見。」

「……只是幾天而已，以前你沒離開公司，也沒有見得那麼勤快。」我一點面子都沒給他，讓他愣了一下。

看到我的反應，林蕭然不由得苦笑：「雖然不是你上司，不過你這臉也變得太快了點吧？」

「是上司也沒事，反正我就快不做了。」

「若嵐有消息嗎？她有沒有聯繫你？」

聽到這個問題，我忍不住看了一眼高林，高林看上去毫不驚訝的樣子，神情依舊冷漠，「沒有。」

林蕭然苦笑一聲，而後看了高林一眼，還沒有開口，高林就不耐地說道：「看我幹麼？你覺得她會聯繫我？她可比你要臉。」

林蕭然點點頭，毫不在意高林罵他不要臉這回事，「那倒也是。」

嗯？有點奇怪啊……

為什麼林蕭然會認為若嵐有可能聯繫高林？從高林的口吻來看，恐怕他很熟悉若嵐，但這和要臉有什麼關係？

「那有頭緒嗎？」

我本想說找到了柴柴，但心中莫名一動，便把這件事隱瞞下去，搖搖頭，「才這麼幾天，能有什麼頭緒？要這麼容易，恐怕你早就找到她了。」

「嗯——」林蕭然彷彿便祕般地拖著長音，似乎對這件事的棘手程度也很苦惱，隨後驀然轉頭問高林：「他這個月幹完就走，你對他應該沒什麼特殊安排吧？」

「幹什麼？」

「這個月多給他幾天帶薪假，當然，是可以事後再請假的那種。」

高林冷哼一聲，「我活了那麼久，就沒聽說過有這麼自由的帶薪假，你太沒規矩，給我個理由。」

「我要他幫我找妹妹。」

高林瞥了我一眼，嗤笑道：「就憑他？你逗我嗎？」

林蕭然沒有回應，但神情很認真地看著高林。這似乎讓高林反而感到了壓力，他瞇了瞇眼，「行，這就是你今天找他過來的原因吧，ＯＫ，我准了。」

他們完全沒有理會我的回應，直接就把這件事定下來，甚至我剛剛張嘴，就被高林打斷，「行了，這裡沒你的事，你可以走了。」

「可是……」

「你不用上班啊？」高林不耐地輕輕推了推我的左肩，幾乎是硬擠著把我推出房間。

我一瞬間覺得他這個行為有些反常，還不等我思考什麼，就聽到高林用細不可聞的森冷語調說道：「她要麼別回來，回來就死……我說的。」

一股寒氣驀然從尾椎骨升起，我忍不住打了個寒顫，轉頭看去，只來得及從即將關上的門縫中看到那雙冰冷的目光。

「砰。」門被重重的關上，看上去他真的很不歡迎我。

這是威脅？可為什麼？

我有心想要再敲門進去，可舉起手後，身上的手機卻響了起來。我看了下來電顯示，是家裡的，於是接起電話。「喂，怎麼了？」

手機那頭傳來母親的聲音，「修元，你昨天帶回來的狗，樣子有點奇怪，你知道怎麼回事嗎？」

「怎麼了？牠身體有問題？」

「看上去不像是身體的問題，但情緒暴躁得厲害。」母親的聲音裡透著些許苦惱，「你走了以後牠不斷地抓門，我以為牠想出去散步，於是就牽著牠想要出去，可開了門，牠又不走了，我一鬆繩子，牠反而跑到你房間門口一個勁地叫……」

聽到這裡，我忍不住想到一個可能，呼吸不由得急促起來，忍不住感謝林蕭然剛才幫我弄到那亂來的帶薪假，「我馬上回來。」

「哎？你不上班啦？」

我沒有和任何人打招呼就離開了公司，走到大街直接叫了計程車，我不想有什麼意外——畢竟柴柴只是一條狗。

大約半個小時後，我到了家門口，依稀聽到柴柴如同狼一般的嚎叫，但等我開了門，聲音便停下來，然後牠拖著裝了輔助輪的身體朝我跑過來，嘴裡還叼著一根牽繩，直到我面前才鬆嘴放下繩子，而後朝我「汪！」了一聲。

狗哥好像很不滿啊……

「你回來牠就安靜了，看來牠很黏你？」母親走到門口，略顯詫異地看著我和柴柴。

「其實還好。」我乾笑一聲，不好意思說牠平常根本一點都不鳥我。

柴柴用烏溜溜的雙眼盯著我，如同要債的債主。

我蹲下來，想摸摸牠的下巴，卻被牠一個後仰躲掉了，我還想伸手，就看到牠威脅性地齜牙，只好尷尬地放棄，我試探性地輕聲問道：「是要找若嵐？」

本來我不指望牠能聽懂，但柴柴卻立刻有了反應。

「汪！」

這下倒是讓我不敢確定了，於是我又試探性地問了一句：「不去找她好不好？」

柴柴頓時朝我凶狠地齜牙。

這反應頓時讓我大喜過望。

這狗怎麼這麼聰明，我說什麼都聽得懂？難道是外語系畢業的？狗哥威武！

但不管如何，找若嵐這件事總算是可以開始了，於是我就對母親說道：「媽，我帶牠出去一趟，晚上不回來吃了。」

「你不回去上班嗎？」

「沒關係，公司同意的。」

母親點點頭，然後她讓我等一等，隨後從房間裡拿出一個寵物外出箱，交到我手上。「牠腿腳不好，可能跑不遠，你拿著有備無患吧……東西比較舊了，我今天早上才擦洗乾淨，別磕磕碰碰的。」

我抬頭看了母親一眼。

她什麼都沒有問，可我看得出，她不是什麼都不知道。

雨已經停了，倒是不用害怕柴柴被淋溼。我牽著繩子，不斷和柴柴說「慢點」、「當心」的話，畢竟牠後半部依靠的是輔助輪，有些地方終究會不方便。

同時，我也很小心觀察柴柴的體力狀況，牠只休息了一個晚上，我擔心牠還沒有完全恢復。如果可以，其實我並不想讓牠現在就出來尋找若嵐。

但條件不允許，那麼就只好看著牠。就這樣大約走了一個小時，我發現柴柴的喘氣聲越來越粗重，便拉住牽繩。柴柴掙了兩下沒掙開，回過頭，朝我不滿地叫了一聲——

「汪！」

「休息一會，吃點東西好不好？」

柴柴露出凶狠狀朝我齜牙，顯然不同意我的提議，同時還繼續死命地拽著牽繩。

看到牠的前肢發顫，卻倔強地把自己的脖子擠成了團子，我卻一點都笑不出來，反而心裡發酸，輕聲問道：「那你進箱子裡好不好？你給我指路。」

柴柴不掙扎了，牠安靜下來，喘著氣，趴在地上看著我。

這是同意了，我定下心，連忙幫忙把柴柴身上的輔助輪拆下來，用包裡常備的小抹布把輪子擦了擦後放進包裡。而後給柴柴餵了點保溫杯裡的水，等牠呼吸平復之後，便把牠送進寵物箱裡。

不得不說，一手提著自己的大包，一手提著柴柴，還是有一些負擔的。柴柴用叫聲為我指路，到了轉彎的地方牠會叫一聲，如果我轉錯了，牠會不斷地吼叫，直到我轉到正確的方向為止。

自治市很大，而為了讓柴柴給我指路，我還不能坐車。

時間已經到了中午，天空並沒有因為雨停而露出藍色，依舊顯得陰沉而冷漠，加上我早餐吃得不多，再加上體力消耗，已經有些餓了。

周遭溼冷的空氣相當不友好，我有心想要去買點東西吃，但只要一往超商之類的店裡走，柴柴就會瘋狂地吼叫，我只好作罷。

一是我和柴柴一樣心急，另一個，是我實在不想這麼引人注目。

當我步行到第三個鐘頭時，心裡卻忍不住震撼起來——柴柴當初就是走了這麼遠嗎？

要知道，牠不是一般健康的狗，牠是殘障的。有些路牠根本就走不了，這麼長的一段路，不僅勞累還有危險，至少我發現牠的時候，牠的輔助輪已經壞了，牠到底是怎麼爬到我家附近的？

我可不能連牠都不如……

這麼一想，腳踝處的酸痛感以及胃部的輕微痙攣也不是那麼難以忍受了。

我完全忘記時間，直到黃昏我才停下腳步，驀然發現我近乎用步行的方式橫越了大半個自治市。而讓我停下腳步的原因，是因為我聽到柴柴不斷用前爪抓箱子的聲音，以及牠充滿悲傷的嗚咽聲。

那嗚咽聲中充滿了依戀和不捨。

我的雙手已經有些麻木了，我把寵物箱放在地上，打開門，柴柴迫不及待地衝了出來，牠甚至沒有等我給牠裝上輔助輪，就拖著下半身飛速爬了出去。

這裡是一塊住宅區，不過因為地段較偏，本地人住在這裡的並不多，大多數都是外來的臨時人口，而且這裡的設施老舊，看上去很是荒涼。

但這塊地方原本在半個多世紀以前是自治市的市中心，只是在城市擴建之後，市政廳搬遷，將市中心轉移到了東部，剛好也省了更新都市設備時所產生的大量拆遷成本。

而到了我這一代，這裡更只能勉強被稱為市區，實際上都快變成郊區了。

柴柴爬進路邊的綠地，趴在草堆裡聞了聞之後，便在一處沒有草皮覆蓋的地面快速挖了起來。我不由得心驚膽顫地走過去，內心害怕柴柴會挖出一具屍體。

當我看到一塊沾血的布露出來的時候，心中猛地沉了下去。可隨著柴柴飛快地挖土，我才發現那是一塊染血的亞麻布包裹著什麼。

把東西挖出來後，柴柴朝我叫了一聲。

我走過去，小心地把那塊亞麻布拿起來，打開一看，布裡包著一把鑰匙，鑰匙還連著一塊號碼牌，上面寫著廣遙３Ｖ。

這是這區廣遙車站附近的寄物櫃鑰匙。

當我知道這點之後，我也意識到一件事：若嵐需要幫助，但她找不到別人，只能找我。

否則她不會把鑰匙留在這裡，而找到這把鑰匙的前提，是必須有柴柴帶路，她甚至不敢隨便來找我。可問題是，一個連死亡都已經不再畏懼的女性，事到如今還有什麼好怕的？

就算那天林若曦沒有上門，她在第二天也會死去。難道是因為林若曦上門之後，改變了她的想法嗎？

林若曦到底說了什麼，可以讓一個已經對自己生命沒有期待的人，重新有了求生的欲望？而且這也說不通，林若曦對若嵐的殺意毫無疑問是真實的，至少我看不出破綻來。

那麼問題來了，在那個女人是真的想要殺死若嵐的前提下，她為什麼又要激起若嵐的求生欲呢？

我搖搖頭，決定暫時不考慮這個。畢竟不論如何，一個人只要想活，那就什麼都可以談，不想活，什麼都不用談了。

所幸，不管是什麼原因，我相信若嵐此刻是想活著的。

知道這一點，便覺得自己的疲憊感都輕了不少，我再把柴柴放進寵物箱，然後拎起來就走。不管廣遙車站的寄物櫃裡放的是什麼，一定有可以找到或者聯繫到若嵐的方法。

我又這樣走了差不多二十分鐘，才走到車站。車站很大，但很老舊，其實從鑰匙上就可以看出來，這年頭的公共寄物櫃不是電子的已經不多了。最終在車站西出口的位置找到了鏽跡斑斑的寄物櫃，對準3V的寄物櫃鎖孔，試著把鑰匙插進去，一轉……

我能感受到鑰匙在鎖孔裡艱澀的觸感，有點不確定到底有沒有找對，所以也不敢太過用力，畢竟如果這裡還有別的寄物櫃，而我卻把鑰匙折斷在這裡就很尷尬了。

但運氣不錯，再一陣我聽得有些不適的聲響過後，寄物櫃開了，我往裡面一看——

是一支手機，手機明顯是好幾年前的舊款。

我把手機開機，如同預料的那般，手機沒有設密碼，裡面的APP軟體也基本都被刪乾淨了，沒有開通網路，似乎只有最基本的通話服務。

打開電話簿，裡面只有一個號碼，卻沒有任何備註。

於是我立刻撥打這個號碼，等了一會兒，電話被接起來了，但卻沒有任何聲音。

我一開始以為是手機壞了，但隨後發現這有可能只是若嵐的謹慎，於是率先開口：「我是鄭修元，方便說話嗎？」

「……總算等到你了，柴柴還好嗎？」

天可憐見，聽到這個聲音的瞬間，我只覺得渾身發軟，恨不得倒在地上全身放鬆，我到這一刻才發現自己實際上緊張得一塌糊塗，連聲音都有些發顫。

「妳……妳到底在搞什麼飛機啊？」

「柴柴還好嗎？」若嵐沒有回答我的疑問，只是又重複了一遍她所關心的事。

似乎是隱約聽到了若嵐的聲音，柴柴在寵物箱裡掙扎了起來，同時急躁地叫了一聲，「汪！」

「好什麼好，又累又餓……順帶一提，我也一樣啦。」雖然知道事情只是剛剛有了一絲曙光，但我已經覺得自己輕鬆了不少，把電話放到寵物箱的外側，對柴柴說道：「來，可以打聲招呼。」

「汪！」柴柴很精神地叫了一聲。

而後我便把手機放回耳邊，「可以見面嗎？」

「現在你到登雲路上的那家『重生』KTV，用你自己的名義開一個小包廂，訂好了打個電話給我告訴我房間號碼，我會過去，另外，別告訴林蕭然你找到我。」

「妳還真謹慎啊。」我感嘆了一句，便把注意力放到她最後的一句話：「為什麼別告訴他？他好歹是妳哥哥吧？」

「我是殺人犯，不謹慎不行。」若嵐的聲音很平靜，平靜到讓我覺得可怕，「第一，他不是我哥哥，第二，就算他是，我也不相信他。」

「呃……」我被這句話噎到了，良久，我才開口問道：「妳真殺人了？」

「見面再說，掛了。」

若嵐不等我回應，便把電話掛了。

她還真是自說自話，一點都不在意我的反應，甚至連試探的想法都沒有——妳就不怕我會報警啊？

我因此而憤怒，可冥冥中好像還有另一個我，那個我也因此而喜悅。

快步走進車站，花了差不多二十分鐘到登雲站下車。出站後走了約莫五分鐘便到了KTV的門口，音樂隱隱從裡面傳出，光線幽暗。

對於KTV來說，即便是在車站附近，客流量現在也還不是高峰，所以很順利地訂到一個包廂。保險起見，我訂了三個小時，同時讓服務生給我送點吃的過來——我和柴柴都很餓。

進了包廂，我就打電話告訴若嵐包廂號碼。

過了一會，敲門聲響起，我說了聲請進，抬頭看了一眼，是一名戴著口罩的服務生端著食物進來。於是我又低下頭看手機，同時說道：「放桌上就行了。」

也許是聞到了食物的香味，柴柴在寵物箱裡有些躁動。食物被放在桌上，但那服務生卻沒有出去，甚至在我旁邊坐了下來。

我不由得皺起眉頭，剛要說話，就發現那服務生從桌上拿了一根薯條……

這麼沒規矩？

正因為這件事而感到驚愕的我，卻看到那名服務生把口罩摘下，還把自己的員工帽也脫下來，棕色長髮如瀑布般落了下來……我不由得張大了嘴巴。

「若嵐？」

柴柴在箱子裡鬧得更激動了。我這才意識到，柴柴不是那種看到食物就會躁動的普通寵物，牠的格調很高的。

「嗯，幾天沒見了。」若嵐吃了一根薯條後，又拿了一支烤雞翅，走到一邊，打開寵物箱，把雞翅遞給柴柴，讓牠在寵物箱裡吃了起來。

在昏暗的光線下，她聚精會神地看柴柴吃東西，良久，她皺了皺眉，「牠很餓啊，今天真的沒怎麼吃東西，再拿點雞肉來。」

我有些話想要說出口，但此刻口中那些話語，彷彿是沒有素質的乘客，根本就不知道排隊，全擠在嗓子裡，噎得我難受，但愣是說不出一句話。

戴上放在餐盤上的塑膠手套，抓了兩塊烤雞塊遞了過去。

「水呢？」若嵐不滿地看了過來。

我連忙倒了杯水遞過去，同時心裡不斷想著……

為什麼我要這麼低聲下氣啊！

我記得惹麻煩的明明是她呀！

為什麼這人可以這麼理所當然地指揮我幹這個幹那個啊？

工作這麼久，有許多事件都是跟在這個人身後，被她指揮得團團轉，經常會弄出一些計畫外的事情讓我手忙腳亂。當時看在她是工作前輩的分上，雖然心裡有些埋怨，但好在之後許多事就讓我一個人處理了。

可現在，她的行事作風又讓我有了一種熟悉的感覺，好像自己又變成那個剛畢業，什麼都不懂的大學生。

「妳怎麼老這樣啊……」

「哪樣？」

「這種做什麼都好像理所當然的風格，妳是不是真的不在意他人的感受？」

「我確實不喜歡太在意別人的感受，但是，從我被製造出來開始，就沒辦法不去在意別人。」若嵐的語調很平靜，但卻讓我感到一種激流暗湧一般的憤怒和不甘。「不在意的話，我恐怕早就已經死了。」

聽到這話，我自然沒有辦法再去抱怨什麼，我看了一眼桌上的薯條和烤雞塊。

也許是餓久了，也許是別的什麼原因，我突然失去了食欲，輕聲問道：「若嵐，我想問妳，妳到底殺人了沒有？」

「你為什麼想知道這個問題的答案？」

「妳覺得我應該不想知道嗎？」

「我說我沒有殺，你願意信嗎？」

「我信。」

若嵐微微一愣，終於把目光從柴柴身上移開，轉頭看向我，眼神沒有以往的鋒銳，滿是溫潤之感，她笑了笑，「聽到你這麼說，還真讓我有些安慰，可惜……」

她的聲音變得傷感，眼裡的光逐漸暗淡下來，說出那個我不希望聽到的答案——

「……我真的殺了她，就像殺了自己一樣……」

這句話，彷彿在一瞬間就殺死了房間的空氣，我感到自己緩慢而無力地沉了下去。

「……如她所願。」

心跳驀然漏了一拍，我驚愕地睜大雙眼，「如她所願？她是誰？」

若嵐露出了苦澀的微笑：「自然是林若曦。」

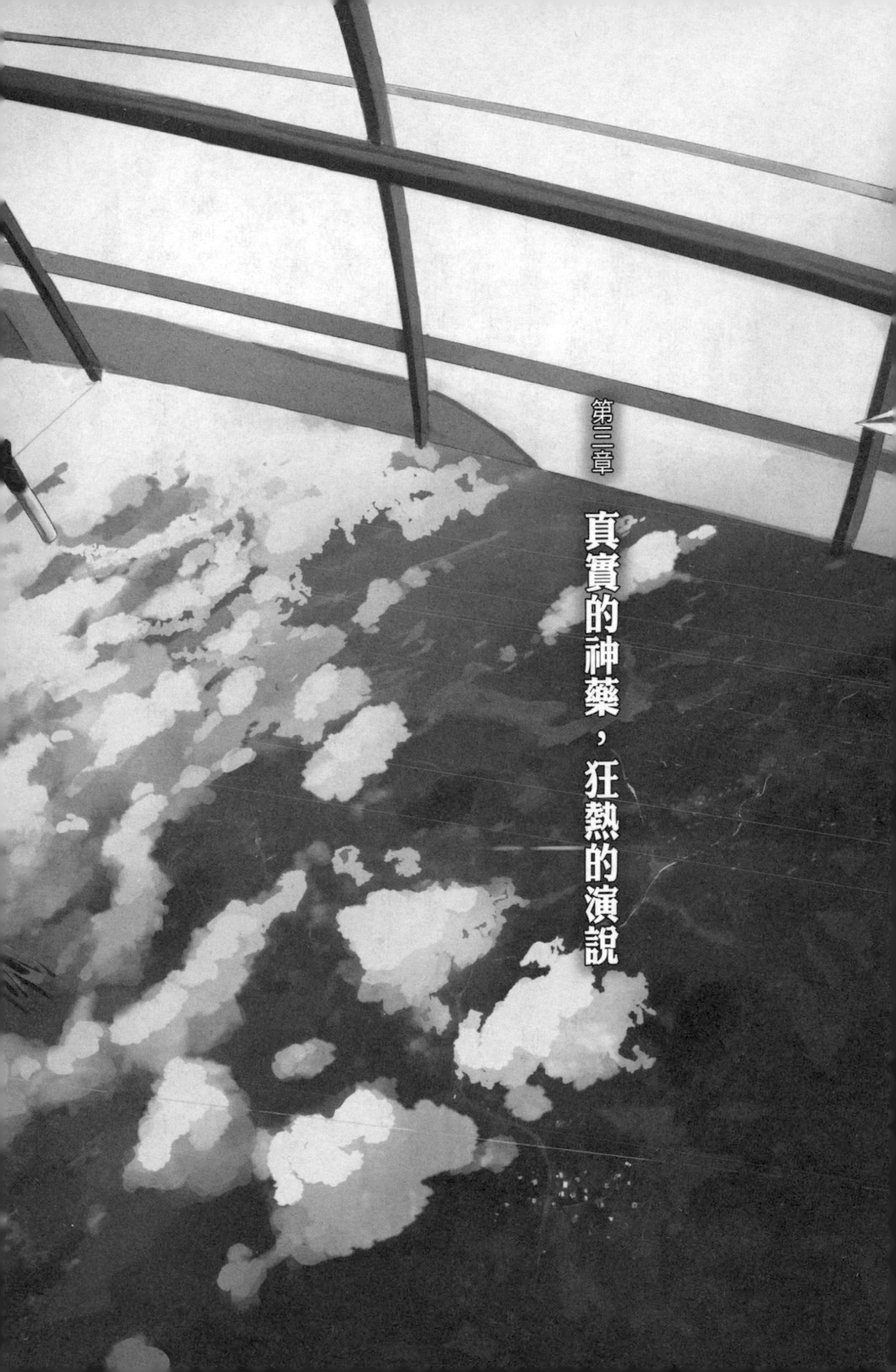

第三章 真實的神藥，狂熱的演說

林若曦？

我有點懵了，我再三確認了她沒有說錯這個名字後，遲疑地問道：「可她不是要殺妳嗎？」

若嵐點點頭：「是的，如果我不殺她的話。」

「什麼意思？」

「我殺她，或者她殺我，這兩個結果，她都可以接受。」

我突然想起在公司遇見林若曦那天，她那詭異的建議，希望我可以殺死她的要求，恐怕不僅僅只是為了讓我看到自己醜陋的那一面，也許還帶了三分期許。期許我可以真的殺了她，她早就不想活了？

「你其實不用對這件事……算了。」看上去若嵐不太想談這個問題，但見我迷茫的模樣，便又解釋了一下：「對她來說，與其說我是不該存在的人，不如說，是可以取代她的人。」

「所以她才憎恨到想要殺妳不是嗎？」

「也可以這麼理解。」

「也？」我注意到若嵐用了這個特殊的字眼，「還有另外一種意思嗎？」

若嵐的目光一瞬間變得複雜起來，她的表情浮現出些許傷感，可立刻便搖了搖頭，說了一句：「我不想談這個，都過去了……總之事實就是，我殺了她。」

若嵐很少在一個話題上表露出如此的態度，我即便有心想問，在這一刻卻也沒法追究下去，「那妳接下來打算怎麼辦？」

我問了一個已經知道一半答案的問題。

之所以是一半，是因為我知道只有這個目標才有希望，可我不知道如何才能達成這個目標。

「我要離開自治市。」

「我知道，但要怎麼離開？」這個答案不出我的意料，可問題是，若嵐如果可以離開，她早就離開了。

複製人無法離開自治市，一旦進入危險區域，複製人體內的奈米機器人會出現電流警告，如果在三十分鐘內不回到安全區域，複製人則會被體內的奈米機器人用電流殺死。

「我需要你幫忙拿一樣東西。」

「什麼東西？」

「『沉睡』系列，第四代。」

「妳要這個幹什麼？那可是安樂死藥物，不可以外流的！」我被她的要求嚇了一大跳，本能地就想拒絕，這玩意不是可以隨便給人的東西。

「你覺得，這真的僅僅是安樂死藥物嗎？」

「要不然是什麼？」

「你覺得會有人在安樂死項目上花那麼大精力嗎？僅僅兩年，就已經改了三次配方了。」若嵐露出一絲譏諷的笑容。「和胰島素這種可以長期販賣的藥物不同，安樂死……可是沒有回頭客的。」

對一般製藥公司來說，一次性治好疾病的藥物並不是利潤的主流，需要長期使用的藥物才是穩定的收入來源。極端一點來說，如果人類有一天真的發明出「包治百病」的藥物，恐怕最想毀掉這種藥物的就是製藥公司。而從世界上藥物研究的投入來看，決定研發藥物方向的並不是疾病的嚴重程度，而是可觀的利潤。

安樂死藥物的使用在世界上還存在爭議，而允許使用的國家地區也存在種種限制，直接導致研究安樂死藥物這種事，對所有製藥公司來說是一件吃力不討好的事。

我忽然想起見姜肅生最後一面的時候，他也曾意味深長地說了一句話。

「兩年就修改了三次配方嗎？砸了不少錢啊。林蕭然倒是捨得。」

原來他當時是這個意思？而安樂死的藥物背後是林蕭然的支持？

確實，經過若嵐這麼一說，我也意識到：僅僅是兩年，公司麾下的研究所就改進了三次配方，無疑是一件不合理的事。

「雖然這個藥物也給一般人使用，但初衷是為了複製人研發出來的……你覺得這是為什麼？」

我想了想，一下子沒什麼頭緒，但忽然看到若嵐的眼神，她的眼神裡透著一股悲哀，我頓時覺得遍體生寒，顫聲問道：「難、難道是……是為了器官嗎？」

「沒錯，就是器官。」若嵐將柴柴抱起來，走到我身邊坐下，溫柔地撫摸著柴柴的背脊，嘴裡的話語卻赤裸裸地揭露了人性最醜惡的一面。「器官移植這種手術很麻煩，講求時效性的，一般來說，大部分移植手術要在十二小時內完成，如果判斷某個器官移植手術來不及完成，那麼這個器官就會被放棄處理掉。多浪費啊。以前器官之所以稀少、短缺，很大程度上也是因為這個關係，不可抗力的因素實在太多了，不論是缺少醫生，還是路程太遠，都會局限器官移植的實行率，所以器官這種商品是很特殊的，它沒有庫存——至少在這種安樂死藥物誕生之前，是沒有的。

也就是說，複製人專用的安樂死藥物，除了讓複製人盡可能沒有痛苦地死去之外，最大的用處，是成為器官的『防腐劑』，所以，從這種藥物誕生開始，自治市的人體器官，開始有了『庫存』的概念，否則你以為，複製人的『自殺權』是這麼容易爭取到的嗎？如果出現大規模的自殺申請，將不可避免地造成器官浪費，這項權利的建立基礎從一開始就不是因為對複製人憐憫，而是利益計算後的結論。」

這真是個冷冰冰的成人社會。

我原本就不喜歡所謂「複製人自殺權」的概念，在聽到若嵐的說明後，自然覺得更加厭惡。我越來越慶幸自己下的決心，過完這個月我就不幹了。「可這和妳要這種藥有什麼關係？」

若嵐垂下眼簾，我看到她的睫毛輕輕顫抖，這件事似乎讓她也變得無法保持平和的心境。「因為林蕭然想要賦予它第三個作用。」

「第三個作用？還可以有什麼作用？」

「成為奧米勒斯教傳說中的神藥『德魯斯』的一部分。」

我不由得愕然，第一個讓我在工作中印象深刻的陸桑，或者說 IM043920，當時我和若嵐懷疑她在尋找奧米勒斯教裡傳說的「德魯斯」，也不僅僅是她，在工作中我經常會發現有複製人在追求這種東西的身影，但大多都證明那些所謂的「德魯斯」，只是換了個包裝的毒品而已。

時間久了，我也以為這只是一個單純的宗教傳說。

但沒想到，若嵐在這個時候把這個名詞說出來。

「複製人專用的安樂死藥物其實在董事長林仁凡時期就已經研發出來了，後來雖然也不斷改進，但整體研發方向依舊是把重點放在如何長時間維持器官使用有效期上，同時也將人體生和死的界限規劃得越來越精確，畢竟大部分情況下，活人移植器官在自治市是禁止的，如何讓人在死的同時，器官卻能長時間保持在『活』的狀態上，是第二人生公司研究的重點。而『沉睡』系列，是為了配合另一部分的『重生』研發的，兩者合一，就是完整的『德魯斯』。」

「『重生』？難道說……」怎麼都不會想到曾經給複製人服用的安樂死藥物竟然還有別的部分，而聽到「重生」這個詞時，我自然想到了那個可能。「是吃了『沉睡』之後，依舊能夠醒過來的？」

「嚴格來說，是先服用『重生』，再服用『沉睡』，接下來快的話十分鐘內會陷入假死，預計一到兩個小時，就可以甦醒。」

「這有什麼意義呢？」我話問了一半，就立刻反應過來，只覺得心臟猛地一跳，忍不住喃喃自語：「一旦複製人被奈米機器人判定死去，就會永久性關機，變成普普通通的無機物……系統將再也沒有辦法判定該複製人的身分，甚至生死。」

這是打破複製人和一般人身分界限的藥物！

我一下子聯想到了林蕭然之前表示參政的政見發表，他主張讓複製人完全享有和一般人同等的權利，那麼……這個藥是為了完成他的政策才被研發出來的？

等等！

我驀然看向若嵐，忍著憤怒問道：「也就是說，從一開始，妳就沒打算自殺？妳打算假死脫身？」

若嵐看著我的臉，挑了挑眉：「我以為你應該長進到我不用解釋的地步了，看來沒有。」

「妳覺得解釋完了我就不會生氣？」

若嵐聞言，沉默了一會，最終點點頭。「這件事是我對不起你。」

「聽妳這道歉還真是不容易。」我哼了一聲，氣倒是稍微消了一些。

「但，為了你的安全考慮，不到萬不得已，我不想把你牽扯進這件事裡。」若嵐搖搖頭，顯然對目前的事態很不滿意，「然而最終還是把你牽扯進來了。」

「安全？有什麼不安全的？」

「我瞭解林蕭然，有些事如果你知道得太多，他不會留情。」

「不會留情？」我咀嚼著這個形容良久，才明白過來若嵐的意思，啞然失笑，「雖然我不喜歡他，但妳要說他會殺人滅口，是不是太……」

若嵐似乎對我有些失望，在牆上的遙控面板上點了兩下，房間裡的螢幕突然從點歌頻道切換到了節目頻道，隨後她點開了政論節目。「這是今天白天的節目，我不知道你看過沒有。」

若嵐按了快轉，畫面很快轉到了林蕭然站在麥克風前那段，那是自治市安興區在選前的最後辯論，而辯論的中心是圍繞複製人制度的。

林蕭然在螢幕上一點笑容都沒有，站在露天搭建的簡陋平臺上，氣氛甚至可以稱得上肅穆，他正對著一名身穿藍色西裝，約莫五十歲的男人說道：「我不明白發生這種事後，為什麼莊議員會想把一條生命的責任推卸到另一位無辜的複製人身上，彷彿一位少年的死去，僅僅是因為她存在本身一樣，為什麼會把問題和人畫上等號？解決問題不如解決人的邏輯嗎？他們做錯什麼了？在情竇初開的年紀，有交往不是很正常嗎？」

莊議員聞言頓時皺眉，「我可沒有這麼說，我只是說為了避免類似的事，應該將複製人教育和一般人教育做出區分，否則類似的悲劇還會發生。況且複製人所面對的生活問題和一般人不同，本來就應該建立專門的複製人學校，來教導他們該如何在現代社會幸福並合法地生存下去，林先生可不要隨便扣帽子，這和酒桌上談生意不同，政治說話是需要謹慎的。」

做為政治新鮮人，林蕭然的政治資歷自然是最容易被攻擊的弱點。

林蕭然沒有絲毫惱怒，甚至輕笑出聲，但看他的表情卻能隱隱感覺到有一絲譏諷。「看得出來莊議員真的非常謹慎，但正因為類似莊議員這樣的謹慎太多，對複製人如同防賊一樣地設置各種生活障礙，才會釀成悲劇，這件事的問題歸根結柢是針對複製人的歧視和差別待遇，發生這樣的事，檢討當前苛刻的複製人制度還來不及，竟然還想學種族隔離？請問你是和平年代的阿道夫嗎？（註1）」

註1　意指二十世紀德國希特勒對猶太人實施的種族隔離。

說到這裡，他彈了彈自己的衣領，言語毫不客氣。「做為民用科學技術和政治制度幾乎全面領先於全球的自治市，我一直為自治市的開明以及先進而自豪，可近些年所謂的『謹慎』實在拖了自治市的後腿，我知道莊議員連續四年當選安興區的議員，德高望重，但這四年來別說自治市，連安興區都沒有什麼太多變化，我這人耐性有限，不想繼續等下去，你不行，那就讓我來。」

莊議員似乎被林蕭然的話語挑起了情緒，他的表情明顯變得不好看。「你說得太誇張了，身為被選上的議員，自然要對得起那一張張選票，大家選出議員是為了改善生活，而不是慷他人之慨，以改革之名冒然猛進。事實上就在目前的階段，我經常請教各界專家，為了保護一般市民，對複製人的管理毫無疑問是必要的，就算要一點點放開對複製人的限制，也要循序漸進，哪有一上來就說全部都一樣的？這簡直就是亂了秩序。」

接下來，面對雙方有來有往的辯論，雖然並不明顯，可場面上的優勢確實一點點在向林蕭然傾斜。

而到了最後各自的陳述時間，由林蕭然先說，聽完之後，我覺得事情結果已經很明顯了。

「請問，我們自治市什麼時候開始，要學外面那一套了？建立複製人體制的時候，反對的專家少了嗎？但事實上，實行複製人體制三十多年以來，複製人的存在促進了社會進步，市政府的連年赤字在去年已經轉虧為盈，社會進步指數我們位列世界第一，但是……如果把複製人的情況列入資料計算，我們能排第幾？

什麼時候自治市需要用這種方式來自欺欺人了？我們曾經是世界上最好的城市，甚至沒有之一，我們從來注重的不是落後於時代的GDP（國家生產總值）分析，是ISP（社會進步指數）！是HDI（人類發展指數）！是平等！是自由！我們可不是那些鑽進錢眼裡，不知人類為何而高貴的庸俗國家！

當然，我不能說取消複製人和一般人的界限後不會產生任何問題，但請明白，我們也同時解決了很多問題，以及開始正視未來遲早要正視的問題。

今天，一位少年用生命警告我們早就應該注意的一些問題。那就是限制一個複製人的自由時，同時也限制了一般人的自由，他們失去了和複製人正常交往的權利，所有人都只能把曾經的親人變成一隻豢養在籠子裡的猴子。

不打破這些界限，這些悲劇將會不斷重複發生。現在，我們的選擇就有兩個，正視它，並嘗試解決它，而另一個，是掩蓋它，並嘗試回避它。

我不知道莊議員是什麼態度，但我永遠記得韓廣超和廖潔雯這對年輕人！這對未成年人提醒了我們這些成年人多年來的錯誤！我們應該感到羞愧！

有人曾經問我，你對改革有信心嗎？

我得說：這是個愚蠢的問題！

我為什麼要對一個必然會提上日程的事抱有什麼信心？你怎麼不問問我今天是否有信心吃掉晚上的那份員工便當？這是水到渠成的事！可如果你要問，我對什麼有信心？我會告訴你，我對自治市每一個市民都有充足的信心，幾十年來的自治發展，已經證明了自治市的民眾永遠會選擇正確且正義的道路，也許會走彎路，但從來不缺乏修正道路的勇氣！

到今天早上為止，我的辦公室已經收到三百四十家中小企業的支持信件，他們渴望新的勞動人口進入市場而不是被大企業壟斷。我也收到了十五封註冊資金在五億以上的大企業的支持信件，他們也對成本高昂、效率卻連年降低的勞動市場感到不滿。

還有兩千多份來自已經失去親人，或者即將失去親人的家庭連署支持信，他們告訴我，如果我失敗了，他們將不會申請複製人，讓新家人在這個冷漠的社會裡生存。

我看了他們的信，感到悲傷以及遠在前者之上的憤怒。

他們用的是『生存』這種彷彿生活在原始森林裡的詞，而不是『生活』，可我們的親人應該變得如此卑微嗎？我們為何要接受來自錯誤制度的羞辱？

事情已經很明瞭了，這一封封的信件代表著自治市多年來的制度錯誤，我們已經意識到了問題所在，並已經嘗試解決。比如我，我選擇參政，比如你們，你們將用選票來做出最正確的選擇。

我們會重拾屬於自己的驕傲，並再一次證明，我們的城市擁有的也許不是全世界最高明的政客，但我們的城市一定擁有全世界最優秀的民眾！因為我們不僅僅滿足於富足的生活，我們還追求高尚的人生！

我們驕傲，

我們勇敢，

我們善良，

我們睿智，

我們團結！」

看到這裡，我才發現林蕭然真的是天生的政客，那充滿煽動力的詞句，時不時壓低嗓音卻反而讓人集中注意力的語調，隨著他越來越慷慨激昂的演說，連我這個隔著螢幕，對林蕭然印象並不好的人都感到皮膚起了一陣陣的雞皮疙瘩，而且熱血沸騰。

我聽到臺下民眾激動的呼喊聲，整齊地喊著「自由」、「平等」等口號，忍不住感嘆——除了政客之外，阿道夫·希特勒也是一名充滿煽動力的演說家，這傢伙才是和平年代的阿道夫吧？

「現在你覺不覺得，韓廣超死的時機，對他來說真的是再好不過了？」

若嵐冷不防的一句話，如同一盆冰涼的水把我心裡剛剛燃起的火澆得連一絲煙都沒了，甚至忍不住打了個冷顫。

「妳是說，他把韓廣超……」

若嵐搖搖頭：「我沒有這麼說，但你必須承認，這件事乍看之下是因為複製人導致一般人死亡，好像會對複製人那一派的人造成衝擊，但實際上，經過他這次的操作，這件事對他來說已經變成有利的事件了。」

我想了想，還是覺得這件事有些地方說不通。「就算他把危機變成了助力，也不是沒有風險，一個不好，被查出來，他就完了，也許真的只是他能力比較強而已。」

「我不否認這個可能，但至少，他現在在我眼裡不值得信任。」若嵐在針對林蕭然這件事上，似乎有著出乎意料的固執，這讓我感到有些奇怪。

在我眼中，若嵐並不是一個容易對他人充滿成見的人。而且這可是殺人，不是一般的商業或政治方面的手段，若嵐的懷疑在我看來終究是有些過分了。

「我不明白妳為什麼這麼不信任他，至少就我看到的……」我想起林蕭然曾經因為若嵐而做出的那些舉動，甚至在林若曦被殺之後，他企圖隱瞞一切，幫著若嵐掩蓋的行為，「他真的對妳很好，他不希望妳出事。」

若嵐沒反駁什麼，可我看得出來，她就是不信任林蕭然。即便林蕭然真的對她不錯，即便在我看來，林蕭然真的把她當親妹妹在看待。

若嵐抿了抿嘴脣，用近乎嘆息的語調說道：「總之，不要告訴他，同時想辦法幫我把『沉睡』第四代弄出來。」

「聽妳的意思，妳現在已經有『重生』了？」

「在回收日的前一天就已經給我了，本來只要再過一天，就可以平安度過，但卻被林若曦找上門……」若嵐苦笑，顯然覺得自己的運氣真的不大好，「所以，只要你拿到藥，我就可以……真正自由了。」

聽到這句話，我突然意識到對若嵐來說，林蕭然是一種束縛。

只要她依舊保持複製人的身分，她就永遠都沒有辦法離開林蕭然。可如果她想要追尋一般人享有的自由，以目前的情況來看，服用完整「德魯斯」後的她就必須離開自治市——永遠離開。

至少在複製人和一般人的界限打破之前，林蕭然必須隱瞞「德魯斯」的存在。可這複製人體制改革究竟需要多久？就算改革，又能完善到什麼程度？若嵐又願意等多久？

我一下子明白了林蕭然和若嵐之間的矛盾，無可調和的矛盾。

林蕭然希望若嵐可以等他把複製人制度改善，可若嵐已經不願意再等了。也許是因為看不到希望，又也許只是單純沒了耐心，她決定離開。

「千萬記住，不要告訴林蕭然我的消息，也別告訴他你已經有了我的消息，這也是為你好。」若嵐再三叮囑，唯恐我不把這件事放在心上。「你只要拿到藥，然後盡快交給我就可以了。」

「若嵐，就算妳拿到藥，妳沒有身分證明，連張飛機票都買不到，不如讓林專務他……」

若嵐不為所動，「我自有辦法，別多事。」

話都說到這個分上了，我也只好放棄勸說，「好吧，我明白了。」

「你別把他想得太好，他是一個極度自我，並且掌控欲極強的人。而且你也別忘了，不論理由是什麼，我終究殺了他的妹妹。」臨走前，若嵐給了我一個忠告。

而我也因為這句話，終於忍不住問道：「妳是因為殺了林若曦，才沒有辦法相信他嗎？」

「……」若嵐的表情一下子變得不好看了，她緊緊抿著嘴唇，一言不發。

我看到她的表現，不知為何心裡滿是失望。

妳連辯解都不願意嗎？

「抱歉，我不該問的。」我低聲說道，聲音略帶沙啞，如同磨砂紙擦過桌面。

若嵐抱起柴柴，用額頭和牠碰了碰。雖然一句話都沒有說，我卻看到柴柴原本揚起的尾巴沒精打采地垂了下來。

我輕聲問道：「妳沒辦法照顧牠了，對吧？」

「可以拜託你嗎？」

「為什麼不把牠交給林專務呢？畢竟，他也是牠的飼主不是嗎？而且寵物晶片也……」

若嵐抱著柴柴，用手在牠的背上不斷輕撫。「牠沒有裝寵物晶片，不會有人查到你的，我不在了，牠也不會再吃來自林家的一口東西。修元，我第一次看到林若曦的時候，她就動手，那次柴柴也在，那天之後，牠的下半身就只能依靠輔助輪了。而第二次是林若曦來殺我的時候，沒有牠，我應該已經死了兩回。」

「既然這麼捨不得，為什麼不帶牠一起走？」

若嵐沒有回答我這個問題。她的眼眶微紅，但撫摸柴柴的力道卻依舊穩定而舒緩。「柴柴，以後你就跟著他了，好不好？」

柴柴很少見地伸出舌頭，開始舔起若嵐的臉來。這隻脾氣像貓的狗，很少會做出這樣的舉動，我看得出來牠並不是想挽回什麼，牠只是單純的在表達不捨。

牠擁有比大部分人類都堅強的個性，似乎無論什麼殘酷的命運都可以接受……如同若嵐一般。

良久，若嵐重新扶住柴柴的頭，和牠四目相對。她眼眶微紅，可語氣近乎狠厲，不見半分柔弱。「我們要活下去！聽到沒有？我們都要活下去！到哪裡都要活下去！誰欺負你，就咬死他！」

柴柴也露出了凶狠的表情。

「汪！」

我看著他們，驀然想起了林若曦。

她在恐怖分子手裡的時候，是不是也是這樣呢？所以她才能成為人質中唯一活下來的人？

這一人一狗，如同一隻受傷後即便啃食自己血肉也要活下去的孤狼。

她沒有經歷林若曦遭遇過的一切，但毫無疑問，我看到林若曦在這一人一狗身上留下的深深烙印，這種烙印伴隨著痛處和傷痕流竄在他們的靈魂深處。

這世上有些人可能註定會分開，但同時也註定他們永遠沒有辦法擺脫對方。

第四章 不眠的夜晚，自由的代價

走出KTV，看天色已經黃昏了，我才想起自己根本沒在裡面吃上多少東西，柴柴有若嵐餵過，可我肚子還是很餓。我站在門口猶豫了一下決定還是算了。否則那麼有氣氛的道別，出現我肚子餓回去打包的情景，多少會增添三分尷尬。

我向車站走去，可總覺得哪裡不對勁，除了肚子餓，還有一處地方讓我極不舒服。我絞盡腦汁地回想，終於在進車站的前一分鐘想起來了。

我想起那個食物擺盤上，左邊還有三塊翅膀，右邊卻只有兩塊……這就有點沒法忍了！還是回去打包好了，也不知道店家收拾掉了沒。

我快步往回走，反正就在車站對面。我很快就重新推開了門，正準備和前臺說聲我有東西忘記拿，卻被眼前的景象驚得愣了一下。

我看到好幾個身穿黑色西裝的人沿著走道一扇扇門開過去，而店員似乎想說什麼卻不敢說。眼前一副被黑社會光顧的樣子讓我覺得有些不安。

據我所知，自治市裡是沒有成氣候的黑社會的，任何有暴力集結傾向的組織會被各種機關單位輪番關照，往往組成不了多久就會解散。

KTV的經理用手巾擦著汗，滿臉無奈地讓裡面的店員讓開，側過身，讓位給一邊的黑衣人：「我就說這裡沒這個人，客戶資訊都在這裡，我不好給你看，但我拿你給我的名字搜，你看……喏，搜尋結果為零吧？」

我正要上前兩步，突然看到這名經理悄悄地對我使了個眼色，努了努嘴示意門口──他想讓我走。

他知道我？為什麼？

我忽然聯想到若嵐之前身上穿的工作服，立刻明白了──這個人認識若嵐。這些黑衣人在找若嵐，而這個人則在隱藏若嵐？但話說回來，按照若嵐的謹慎程度，為什麼他們知道若嵐在這裡？

一個可能如同氣泡一樣從心底浮了起來，我頓時感受到一股難以言喻的怒火，同時也感受到那股陰冷的寒意。

還真是不是一家人，不進一家門啊……

我竟然在同一個地方栽了兩次跟頭！

心裡這麼想著，剛想踏出一步，卻又收了回來。因為我明白那名經理為什麼讓我走了，他的判斷是正確的。想到這裡，我便轉身離開。

等我走進車站，夜幕徹底降臨，我乾脆斷了回公司的想法，直接回家。在電車上，心裡卻感到越發鬱悶，我甚至明白自己只能裝傻。

我裝作不經意地掃了周圍一眼，失望地發現什麼收穫都沒有。

那些黑衣人為什麼會知道若嵐在這裡，自然是因為我被跟蹤了。我很確定自己沒有收下林蕭然的任何東西，不存在和先前一樣的GPS定位，那麼就應該是附近有人跟蹤。否則沒有理由我前腳走出去，後腳就有人衝進去……中間間隔有五分鐘嗎？

而且我走進去的時候，那些黑衣人應該看到我了，卻都沒有什麼反應。假定是我被跟蹤了，這種情況未免有些不合理，一個人可以裝，全部人都裝得那麼像？

那麼也就是說，知道我行動的人，只是對黑衣人下達了命令讓他們去抓住若嵐。也對，知道若嵐事情的人越多，對林蕭然就越不利，恐怕他們連為什麼要找到若嵐都不知道。

至於說黑社會什麼的，開玩笑，林蕭然只是讓他們抓一名「複製人」，就算真的最後被抖出來，法律性質上也和寵物走失後讓人幫忙差不多。

畢竟，複製人是財產，而林蕭然則是這個財產的所有人，找回自己丟失的財產是不會有什麼問題的。

如果我去質問林蕭然，不就等於告訴他，他讓人搜的地方是對的嗎？況且，我也只是看到了這一例而已，可能我停留過的地方，都有人過去搜了。

想到這裡，我看了看車廂裡的監視器，心中忍不住一緊：莫非他還可以使用車廂裡的監視器嗎？

這個可能並不是沒有。為了監視複製人的行動，第二人生曾要求瀏覽市內所有公共監視器內容的許可權，而林蕭然和高林的關係就擺在那，在找到若嵐這件事上，他們看上去也並沒有什麼衝突。

枉我還一瞬間覺得有些奇怪，為什麼林蕭然會把找到若嵐的希望放在我身上，原來他根本沒指望我能找到若嵐，他是指望若嵐會找到我。

他對若嵐真的是太瞭解了。

而若嵐把最初的線索留在最偏僻的地方，是害怕被人找到。她似乎也明白，林蕭然為了尋找她，會動用所有能動用的手段。

如果是這樣，若嵐讓我做的事，他會不會也知道？他應該知道若嵐要的是剩下的「沉睡」來集齊完整的德魯斯藥劑。

要不要和若嵐商量一下？

我的包裡放著若嵐給我的那支手機，可很快就壓下給若嵐打電話的衝動，甚至連一個訊息都不敢發。因為從那些黑衣人的舉動，以及KTV裡那名經理的表現來看，若嵐還沒有被抓住。

如果她在極近的距離和黑衣人躲貓貓，我這一通電話過去，而她的手機別說沒關聲音，就算是沒關震動恐怕都可能會有麻煩。

況且……我現在打電話過去，她還會接嗎？我前腳剛走，後腳就有人衝進去找她，她是否還會相信我？

我自己都沒什麼信心。

當我回到家裡，已經晚上八點了，母親什麼都沒有問我，而我不知為何已經沒了胃口，最終什麼東西都沒吃，睜著眼躺在床上。

等我回過神來，卻發現天已經濛濛亮了，而若嵐的電話，我等了整整一個通宵都沒有等到。

她是被抓了，還是說……不再相信我了？

這兩個可能，無論哪一個都讓我感到沮喪。

我看了下手機，凌晨四點半，已經沒什麼睡的必要了，決定收拾一下直接去公司。起床後換了衣服，剛剛梳洗完，就聽到身後一句問候：「今天怎麼這麼早起？」

是母親的聲音。於是我抬起頭，對鏡子裡映射出的人笑了笑：「嗯，心血來潮，妳怎麼也這麼早？」

「最近的睡眠都很短，沒辦法。」母親笑了笑，可能是看到我臉上的表情，她又補了一句：「中午會補眠，別擔心。倒是你，今天早上會在家吃嗎？」

我猶豫了一下，雖然沒什麼胃口，可想不出什麼拒絕的理由，只好點點頭。「好啊，麻煩了。」

老爸和蕊兒都還沒有起床。

母親將特別為柴柴事先準備好的肉丸子加熱，讓我給柴柴端過去。這肉丸是母親以前在網上學的，專門給寵物吃。

我端著那碗肉丸到柴柴面前，牠此刻已經醒了，睜著烏溜溜的眼睛看著我。

「狗哥啊……」做為全公司有名的傲嬌寵物，牠進食都是靠林蕭然和若嵐餵的，一輩子過著飯來張口的日子，雖然此刻牠歸我養，但我覺得，就看在牠那一口健康的牙齒，我也得給牠足夠的尊重，至少待遇上不能降低太多，「我能不能餵你啊？」

我靦著臉，好聲好氣地問牠，希望牠能給我一個好答案。

柴柴朝我齜牙，牠真的一點都不鳥我。

「那總不能不吃東西吧？」

柴柴支起上身，湊過來，低頭，直接咬了個肉丸，兩三下就吞下去，然後很人性化地對我露出了鄙夷的眼神，如同在說「你吃飯不靠人餵都不會吃嗎？」。

見狀我頓時感到尷尬，可隨後卻覺得鼻子微酸。

牠只願意給若嵐餵牠的權利，誰也沒有辦法取代若嵐在牠心裡的地位。

「吃飯吧。」母親已經熱好了昨天晚上的剩菜，可能覺得有所不足，她又另外給我做了一碗蔥油拌麵，上面放了一顆荷包蛋。「不管怎麼樣，先好好吃飯，不論是什麼問題，吃完飯再面對。」

我拿筷子的手微微一僵，看了母親一眼，發現她轉身去拿熱水壺燒開水了。

不知道是不是她在意自己複製人的身分，很多事她都點到為止。包括蕊兒在內，哪怕和我們很親密，但在很多事上，她總是保持微妙的分寸和距離。

託這個特點的福，她扮演的母親角色，甚至有時候讓我覺得，哪怕我親生母親在世大概也不如她。在很多時候，沒有克制的愛意，遠比外界的惡意更讓人感到煩躁。

可這樣一來，反而讓我覺得她太委屈，做什麼都小心翼翼的。

「媽。」

「嗯？」母親沒有回頭，手中先按下加熱鈕，然後轉過身對我微笑。「怎麼了？」

「妳覺得，生活在這裡，有自由可言嗎？」

母親面對這個問題，皺著眉思考了一下，最終搖搖頭。「肯定不能說自由吧？但這不是理所當然的嗎？」

「為什麼？」前半句並不出乎我的意料，可後半句卻讓我驚訝，「是因為……複製嗎？」

「你為什麼會這麼問？」母親微微一愣，然後反應過來，看上去有些無奈，「難道你覺得，你很自由嗎？」

「呃，至少我可以選擇工作？」

「不，是你不可以選擇不工作，你的錢包不允許啊，而且尼特族的名聲也不好聽吧？雖然不能說全部，但至少大部分普通人，都不是因為喜歡才去工作的，都是為了生活。複製人就完全沒這個煩惱。雖然還是要依靠家人，但多多少少是有補貼和福利的，還經常用沙龍的經費遊玩什麼的……雖然生活的地方被限制在自治市。」

我覺得這個邏輯有些不對，哪裡怪怪的，本能地反駁：「但我這是因為金錢關係，屬於個人能力問題，而妳是法律不允許，屬於外在環境……」

「能力比你差的，但比你有錢的，你覺得這世上很少嗎？運氣、出身、所處地域，甚至長相都可以改變這些，這些也是外在環境。」母親搖搖頭，她問了一個我從來沒想過的問題，「況且，不論是什麼原因導致經濟上的問題，被金錢束縛了自由，和被法律束縛了自由，有什麼區別嗎？」

這倒是讓我無話可說，從事實上說，也確實沒什麼太大區別。

我猶豫了一下，這個問題其實是我最想問的問題。直到剛才，我還忍著不讓它脫口而出，可現在卻莫名多了一股衝動，「……如果，我只是說如果。」

「你說，我聽著呢。」

我小心翼翼地問道：「如果，給妳機會離開自治市，妳會離開嗎？」

母親的回答一點猶豫都沒有，「如果你們離開，我當然會離開。而你們不離開，我當然就不會走。」

我不喜歡這個答案，忍不住皺眉：「我是說，別考慮家裡。我是問，只考慮妳自己的情況下，妳會不會走？」

母親想了一會，她似乎沒有想過這個問題，看她皺著的眉頭，我便知道她思考得很認真。

良久，她似乎想通了什麼，釋然一笑：「考慮你們就是考慮我自己。誠然，大家都是獨立的個體，可對我來說，家人和我的生命早就連接在了一起，你們就是我生命裡最重要的組成部分，少了你們，孫嫻還是孫嫻嗎？你們就是我的命。」

「……妳不會不甘嗎？」我看著她的笑容，問她是否不甘的同時，卻發現不甘的其實是自己。

「做人不可以這麼貪心的。」母親說完這句後，又補了一句：「我不是說我，我是說你的態度。」

我不由得一愣，「我？」

「自由說到底，只是一個選擇的權利。但當你選擇了，自由從那個時候開始，自然也就不存在了。」母親在我面前坐下，「你進了餐館，可以吃牛肉麵，也可以吃滷肉飯，還有別的更多的食物，這時候你是自由的；但當你吃完我現在給你下的這碗麵，我就再塞給你一碗飯，你吃得下嗎？」

「也是。」我看了看眼前的麵，以及上面還有醬油痕跡的荷包蛋，拿起筷子，戳破荷包蛋的蛋黃，半流質的蛋黃如同奶油一般融進了蔥油拌麵裡。我用筷子拌了幾下，蔥香味頓時多出了一股醇厚的氣息，讓原本沒什麼胃口的我居然有了食欲。

「自由，也代表缺失，代表空白，因為你還什麼都沒有選擇；你需要更多的自由，就要丟掉更多的東西。」熱水壺的水開了，按鈕自動跳開。母親走過去，把水倒進保溫壺裡。熱水在壺裡迴響，我清晰地聽著母親用平靜的語調說道：「所以，如果你擁有一切，就必然一無所有。」

我突然覺得母親好像對我很多事都太過瞭解，即便她什麼都沒有問，我忍不住摸摸鼻子，苦笑道：「媽，妳如果要教育兒子，直說就好嘛……」

母親的眉毛一挑，點點頭，乾脆直說了：「你總要選的，想想現在自己最緊要的事是什麼，再去想別的。不要想著什麼都要，否則你會一直睡不著。」

我頓時有點尷尬了，「這麼明顯？」

母親嘆氣：「眼白裡的血絲那麼多，你不自愛我還心疼呢。」

我只好低著頭，用一筷子麵條塞進嘴裡來隱藏自己的尷尬，鹹香的麵條一送進嘴裡就彷彿占有了一切，濃郁的香氣混合著蛋黃汁液的溫潤感，從喉部順暢地流下。

「怎麼樣？會不會太鹹？」母親問道。

我對她豎起一根大拇指，嘴裡塞滿了麵，什麼話都說不出。

確實，如果要吃麵，就沒辦法說話了。現在最優先的是幫助若嵐，別的雜念、煩惱目前都要往後擺才行。

也許是母親的一番話，也許是那一碗麵真的很養神，我走出門的時候，被寒風一吹，不僅沒有覺得冷，反而煥發了些活力。

我決定等到中午，如果午飯時若嵐還沒有聯繫我，我就主動打電話聯絡她。

因為今天起得很早，我幾乎是售後服務部裡第一個到公司的人，至於說為什麼只是「幾乎」，是因為發現程源也在。

「你今天這麼早？」我忍不住詫異地問道。

程源平常雖然不會遲到，但也絕對不會這麼早來。他是那種能在家裡多待一分鐘都覺得賺的人，同事聚會他幾乎是能不去就不去，尤其是他的女兒三個月前剛出生，他恨不得自已的產假和老婆一樣長。

「我就沒回家。」程源苦笑，他看到我來，便關了電腦，「我剛做完，等等上去報告，報告完就去睡一會。」

「通宵？怎麼了？」我覺得更奇怪了。

程源主要負責的是售後服務部對其他部門，以及對外的工作，基本上申請撥款，面對記者，以及上級巡視時的交流，都屬於他的工作範圍；而這些，很少有需要通宵工作的內容。

而他本身作息也十分的規律。

「還能怎麼樣？新來的專務花樣多啊，很多工作流程他都要改，說是原來那種容易被複製人監察廳找麻煩。」程源伸了個讓他表情略顯痛苦的懶腰，「我們是最容易被找碴的，工作量自然大，但改動也需要各個部門配合。」

「那也不用這麼急吧？」

「沒法不急，最近公司不是出了太多的事嗎，就想把能擦的屁股都擦乾淨，否則雪上加霜，最後大家都要倒楣啊，所以苦了我們這幫小的……」程源捶腰，「不說了，我去報告，高專務等著。」

高林也這麼早就在公司？難道也通宵了？這麼敬業？

我打掃一遍自己的位子，然後開始處理堆積在電腦信箱裡的信件，大部分都是一些客戶郵件，詢問複製人的許可權許可。暫時沒有功夫去巡視，所以只能先用電子郵件方式提供客戶服務。

過了大概半個小時，程源一臉疲憊的回來。「修元，等會中午休息的時候，高專務讓你去他的辦公室一趟。」

「啊？什麼事？」說實話，我並不是很想看到高林那張臉，心底有點排斥。

「不知道，反正你去一趟吧。」程源的臉色看上去很不好，他無力地朝我擺擺手，「我去休息室瞇一會，走了啊……」

我點點頭，只覺得程源年近四十還要熬夜真的慘不忍睹，我都不好意思和他多說了。「辛苦，謝謝。」

又過了一會，同事陸陸續續地來了，許渝媛今天來得倒是比往常要晚，幾乎是最後一分鐘才趕進來的，還有些喘。

「妳今天來得倒是挺晚啊。」

「今天堵得特別厲害，市政廳那邊鬧得越來越誇張了，所以複製人監察廳現在把這裡盯得超緊，以前一個月一次就行了，現在一週報告一次，估計我們還有的熬呢……」比起地鐵，許渝媛住的地方離公車站更近一些，所以也相對容易受到路況影響，她滿臉愁容，「而且這麼一來，最近我都得提早出門，為了那點全勤獎金真不容易啊。」

鬧得厲害？

我頓時意識到許渝媛說的是複製人平等化的事。複製人平等化已經快和毀掉複製人現有體制沒有什麼區別了，如果真的實施，恐怕複製人監察廳的立場就會變得無比尷尬。

所以即便有高林在公司，恐怕他們現在也不會賣多少面子，能抓多少錯處，就抓多少錯處。只要證明複製人的危險性，複製人平等化自然就會受到阻礙。

而這恐怕就是林蕭然想要看到的。畢竟，只有複製人監察廳越是展示對複製人的權勢，自然就顯得他的政見更加突出。

不是說一定正確，但至少會讓越來越多的人持續關注這件事。

只要再多一點契機的話……

我正這麼想著，就看到剛才去休息室沒多久的程源鐵青著一張臉回來了，「怎麼了？才這麼點時間就……」

「又出事了！媽的！沒完沒了！」也許是真的最近壓力大，再加上休息不好，也沒法回家的緣故，程源顯得有些失態，他破口大罵，「神經病！」

怎麼了？

我正疑惑的時候，就看到程源喊了一聲：「IM05243是誰負責的？」

這個複製人編號我有印象，以前負責了一段時間，各項評估都很優秀，心態穩定，也很守規矩，後來就轉到了第四組。

「我。」四組的一位微胖的男生舉起手，他叫葛升，比我早兩屆進公司，只是沒有被分配到若嵐這一組。他戴著厚厚的眼鏡，滿臉的茫然：「怎麼了？」

「去聯絡回收小組吧，現在。」

「啊？」

「……他被殺了，被一般人殺的。」

程源的話音一落，整個售後服務部便一下子炸開了。

每一個非正常死亡的複製人，第二人生是有連帶責任的，因為我們既然監視了，自然就要保證讓複製人在這個不公平的社會裡活下去。如果不負這個責任，第二人生公司也沒有權利包攬複製人的一切業務。甚至在大部分的情況下，如果複製人犯法，複製人在沒有刑事以及民事負擔能力的情況下，我們被問責的優先程度甚至要高於客戶。而複製人被殺，如果沒有意外，公司要對客戶支出一筆巨額賠償，同時在媒體的壓力下，來年的申請標準限縮，幾乎都是可以預見的事。

但這種事很多情況是很冤枉的。

在複製人監察廳的壓力下，售後服務部必須更加嚴格地管理複製人，這就直接導致了所有壓力全部都聚向末端，讓複製人感到更大的不自由。

自由和空氣這種東西是很接近的，大多情況下，只有在沒有的時候才能感覺到其存在。而這種特性，反而會讓情緒更容易濃縮在某一個階段井噴出來，一種強烈的喪失感會更容易讓人變得不理性。

尤其複製人相比古時候的奴隸們，擁有更強的反抗特性。因為他們終究和奴隸不一樣，擁有太多奴隸不該擁有的想法，除了享受過現代文明的福利和文化，他們還擁有身為「一般人」時的記憶，既然曾經看過天地的廣闊，自然再也不可能當作沒有看過。

既然看過，再加上林蕭然的造勢，便會給人希望。而除了希望，林蕭然什麼都沒有給他們。

也許擁有希望的人是富足的，而只有希望的人卻是可怕的——他們更容易孤注一擲，且勢不可擋。

之前才因為複製人，導致一般人的自殺，而現在又發生了複製人被一般人殺死的事件……

我心裡頓時沉甸甸的，我不能說這件事是好是壞。倘若最後的結果是好的，比如林蕭然上位，推動了複製人平等化，這在我眼裡自然是好的。

可問題是，先不說林蕭然是否會成功，就算成功了，被進一步撕裂傷口的複製人們是否還有耐性一步步來？他們是否會為了改變社會，更進一步地做出不理性的舉動？

比如……大量向第二人生公司遞交自殺申請以示抗議。

我想到這個可能性的時候，就覺得頭皮發麻。

到了中午，我到廁所裡，掏出那支舊手機給若嵐發了個訊息，等了一會發現沒有回應，只好作罷。本來是想直接打電話，但高林那邊讓我中午去一趟，我怕時間緊張，決定先應付一下高林再說。

到了高林辦公室門口，敲敲門，高林便讓我進去——隨即我發現林蕭然又在這裡了。

他怎麼老在這裡？

我暗自嘀咕，同時心裡有些緊張。我不確定那些黑衣人有沒有認出我，而認出我的人，是否把這件事告訴了林蕭然。

而且，他到底抓到若嵐沒有？

「高專務，請問有事找我？」我先對高林問道。

「比起這個，我想先問問你……」林蕭然淡定地走到我和高林之間，阻斷了我的視線，他嘴角勾著一道讓我隱隱發寒的弧線，「你昨天請假，是有頭緒了？那找到人沒有？」

我的心驀然吊了起來。

第五章 唯一的信任，自殺的風潮

「沒有。」我盡量讓自己的表情自然一點，聲音帶著些許遺憾，「以為有點頭緒，但最終沒有找到。」

林蕭然不帶溫度地笑了笑，向我走了過來。

他踏著沉穩的腳步，但每一下似乎都踩在我心跳最不舒服的點上，他伸出手，拍向我的肩膀，雖然我不喜歡別人隨便碰我，但我忍住沒有動。

他拍拍我的肩膀，笑了笑說：「肩膀很僵硬啊……放輕鬆點，雖然高林這個人很死板，但你反正都快走了，不用太鳥他。」

高林冷哼一聲，但沒說話。

我來不及分辨他的話語中是否還有別的深意，但在這種情況下我只能裝作不知，「我還是想領最後一個月的足額薪水，沒法吊兒郎當。」

「嗯，比我有節操，我要是還在這裡，估計現在就捨不得讓你走了。」林蕭然讚許了一下，他說到這裡，頓了一下，又把話題拉了回來，「你去哪裡找的？」

「去一間KTV，以前跟同事一起去過，當時環境不錯，她挺喜歡的，和那邊一個經理也聊得挺開心……她那性格，你知道，這種情況滿少見的，她朋友我知道的不多，所以我就過去碰碰運氣。」

我說話半真半假，那間KTV公司裡確實有人去過，但若嵐和經理聊得挺開心這畫面我是沒見過。不過從那個經理會說明若嵐的情況來看，他們至少要有聊過才對。

到目前為止，我只能裝作不知道林蕭然跟蹤我的事，同時試探他對若嵐的態度——雖然我對成果不抱什麼期望。

我背著他聽從若嵐的要求，可以說是對他的不信任，也是對他要求我幫忙的背叛，但如果說他真的是在跟蹤我，那麼毫無疑問，他對我也沒信任到哪去。

這種互相不信任的關係，以及這段時間所感受到的寒意，讓我不得不保留一些資訊。

而林蕭然似乎沒有隱瞞他知道那間KTV的意思，「那間KTV是『重生』嗎？」

「嗯，你怎麼知道？」我驚訝地揚起眉毛，這不是裝的，而是真的驚訝。如果林蕭然偷偷跟蹤我，他要做的不是應該盡可能撇清自己和那間KTV的聯繫嗎？

他為什麼要說出來？

「因為我也派人去了啊……」

我立刻沉下臉，話說到這分上自然不能再裝糊塗了。「你讓人跟蹤我？你不相信我，還找我幹什麼？」

「別誤會，沒跟蹤，只是我也知道若嵐和那間KTV有關係。」林蕭然搖搖頭，也許是看在我臉上餘怒未消，就又補充了一句：「那間KTV的經理是複製人，他的工作是我安排的。」

是誤會嗎？只是因為那名經理通風報信，所以林蕭然才會上門？

我鬆了一口氣，但僅僅一瞬間，我就分辨出林蕭然在撒謊！

因為林蕭然根本不知道我第二次回去後，那名經理給我使眼色讓我快走，如果那名經理是林蕭然的人，他根本不會這麼做。而林蕭然若是知道這個資訊，根本不會撒這種容易被拆穿的謊。

那麼，這就代表了兩件事。

一，林蕭然真的有讓人跟蹤我。

二，林蕭然不知道我又回去，而跟蹤我的人不是黑衣人。

「是嗎……」我故意讓自己的口氣裡帶著些許懷疑。

這種懷疑是很有好處的，就和惡人先告狀的性質一樣，在林蕭然證明自己的清白之前，他就來不及懷疑我，至少，沒有辦法全力去懷疑我。

「我們的目標是一致的，我跟蹤你幹什麼？只是純屬巧合，你這麼懷疑我讓我很傷心啊……」林蕭然的口吻接近玩笑，似乎沒有因為我的懷疑而產生不悅，也沒有繼續做更多的解釋，「那你還有什麼頭緒嗎？你覺得她會去哪？」

「暫時還沒想到。」

林蕭然點點頭，在這點上，他似乎真的沒有懷疑什麼，「那你想到什麼的話，立刻和我說，行不行？畢竟如果真的有目標，行動起來我肯定比你方便多了。」

這個要求很合理，我有心拒絕，卻想不出拒絕的理由，忍不住猶豫了一下，就聽到林蕭然嘆了口氣。

「修元，我就是讓你幫我找一下妹妹而已，至於這樣懷疑我嗎？我不知道以前若嵐跟你講過什麼，但你摸摸良心，你覺得我會害她嗎？我現在的親人就剩她一個了。」

我想起死去的林若曦，看了一眼林蕭然，終究還是不敢輕易相信他，可事到如今除了答應還能怎樣？「我知道了，有頭緒就和你商量。」

不知道是不是不相信我說的話，林蕭然嘆了口氣，回頭對高林說：「回頭把這小子的帳戶資料寄給我。」

高林點點頭，「我一會讓會計部的老張把資料寄到你的信箱。」

啊？

我愣了一下，隨後火氣噌地一下就冒出來。

這是真的生氣，不是裝的，我忍不住對他冷笑：「先不說你要幹什麼，你這樣子不僅是不信我，還打算用錢收買我是吧？你覺得花錢了才可以信是吧？」

「若曦死了，我大概知道發生了什麼事，我不會怪她，這種事是沒辦法的。可她大概不敢信我，這我能猜出來，」林蕭然擺擺手，滿臉苦笑，示意我不要那麼大火氣。「修元，這不是信不信你的問題。如果你瞎貓碰上死耗子一般地找到她了，或者是她找到你，結果她第一句話就是跟你說如果你叫我過去她立刻就走，那你肯定不能聯繫我，所以這錢不是給你的。」

聽到這裡，我的火氣倒是降下去，明白了他的意思。

他嘆了口氣，伸出雙手抓住我的肩膀，眼裡流露出一種近乎脆弱的哀求，這種情緒從來沒有在他眼中見過。「複製人體制改革需要時間，若嵐的銀行帳戶已經空了，她是複製人，因為不用交稅，薪水本來就不高，定期的複製人補助她現在又不敢去取，如果複製人證明不拿出來，她連買東西都要含稅，她手頭沒多少錢，一個人東躲西藏，撐不久的。等會呢，我讓人轉帳給你，錢不多，就兩萬塊，你把這兩萬塊領出來，如果剛好碰上她，交給若嵐就行。我猜想她現在也不敢用信用卡，只能付現金。如果沒碰上，這件事結束以後，你大不了再還我。我也不說什麼酬勞了，就厚著臉皮請你到街邊吃頓飯，這點面子你總得給我，行吧？」

我看到林蕭然誠懇的樣子，倒是有點遲疑了。雖然我依舊尊重若嵐的意願，雖然林蕭然做事有時候確實不地道，但我實在不忍心踐踏一位如此為妹妹考慮的兄長心意。

「好，如果碰到她，條件允許的話，我會聯繫你，錢我也會給她。如果她不肯回來，我也可以幫你勸勸……不過結果我不能保證就是。」

我說著半真半假的承諾，除了我不打算告訴他若嵐的藏身處，別的我都願意幫忙。畢竟不論如何，你也許可以討厭一個人，但你不能討厭一個人對親人最真摯的情感。

況且，就目前若嵐的情況來看，如果真的有林蕭然的幫助，對她無疑是一件好事，只要將複製人一般化，哪怕她不服下「德魯斯」來擺脫複製人的身分，那麼當初她殺了林若曦的事情即便被人知道也沒有關係了，法律上將可以把這件事定位為自衛殺人。

比起服用德魯斯，然後躲躲藏藏或者逃離自治市，我覺得這樣才是堂堂正正沒有後患的做法。

「謝謝，這件事真的需要你多幫幫忙了。有什麼需要，隨時可以聯繫我。」

話說到這裡，我便明白對話結束了，今天從一開始就不是高林要找我，而是林蕭然要找我。

但從道理上來說，我還是得詢問一下高林。可還沒等我開口，一陣手機震動從我左邊口袋裡傳出，甚至有了些許聲音。

我一下子寒毛倒豎，因為這支震動的手機不是我的，是若嵐給我的那支！

在高林和林蕭然面前，我根本不敢把這支手機拿出來。這種老式的二手手機，連個螢幕都沒有，完全就是給一些上年紀的老年人用的，一看就知道有問題。

但幸好他們看上去也沒多想，高林直接就說道：「你有事就先走吧，這裡沒事了。」

我道了聲謝，故作鎮定地走出高林的辦公室。

當我走進電梯，手機的震動已經停了，我看了看左上角的監視器，終究還是沒有把手機拿出來。現在是中午，休息時間洗手間使用率很高，所以即便沒有監視器，我也不可以在洗手間和若嵐通話。

於是我乾脆出了公司，走進在車站拐角處的一間麵包店。這間麵包店有個吧檯桌，而桌子用一塊又高又寬的木板隔開，對面根本看不到，我夾了兩個牛角麵包又帶了一瓶蘋果汁去櫃檯付完帳後，就在角落的吧檯桌坐下，我看了看周圍，確定自己的位置是死角，就算有人真的跟蹤，也會被我面前的擋板擋住，而我旁邊也沒有人，所以這才放心地拿出手機。

看了看來電顯示，果然是若嵐，我一陣欣喜，立刻回撥過去。

一陣忙音過後，電話接通了，但照例，電話另一頭還是沒有聲音，我明白必須要自己主動發聲。「喂，若嵐？」

「嗯，是我。」

「昨天妳沒事吧？」

「……你怎麼知道我昨天有事？」

若嵐這個問題讓我的心一跳，明白若嵐終究還是起了疑心，我忍不住暗自苦笑，昨天就不該那麼在意炸雞的問題，搞得現在連我自己都覺得自己有問題，而這種理由我也實在說不出口，只能含糊地說道：「我有東西忘了，所以又回去了一趟……結果發現，好像有人在找妳。」

「……」電話那頭一陣沉默。

我不由得有些心慌，我第一次發現自己在意擺盤的特點是個讓人頭大的毛病，只覺得自己有口難辯，略帶苦澀地說道：「妳不信我？」

沒想到電話那頭傳來了輕笑，笑聲中帶著一絲絲如釋重負的情緒，「本來是有點懷疑，現在反而覺得你沒問題了……如果你真的聽林蕭然的，那你就應該裝傻，至少不該用那麼蹩腳的理由來騙人。」

原來妳還是懷疑過啊……

我有點小失落，雖然不是不能理解若嵐的處境。「那妳現在還好嗎？」

「還好，只是我原本的朋友聯繫不到……稍微有點擔心他。」

我聯想到那個朝我使眼色的經理。「是那個經理？」

「你知道？」若嵐這下似乎有些驚訝了。

「嗯，我之前回去的時候，一些人正在找妳，是他使眼色讓我快走的。而且林專務今天提起過，說那個經理的工作本來就是他幫忙安排的，妳和那個經理有交集，所以他就讓人去碰碰運氣。」

若嵐冷笑一聲，「你信？」

「……我至少不能直接對他說不信吧？」我苦笑著，在這件事上，其實我也是很尷尬的。

首先，這件事其實我沒有太多的資格參與，我參與進來的初衷，其實只是林蕭然讓我幫忙找若嵐而已。結果現在幫著幫著變成幫若嵐了，從正常角度上說，這件事其實是我做得不對。

人家讓我幫忙找人，結果我反而把人藏得更深了……想想就覺得理虧。所以其實關於林蕭然跟蹤我這件事，我是沒什麼資格憤怒的，人家確實不該信任我，一點都不冤枉。

我只是想做好事，但現在卻發現自己像個混球。

「若嵐，我跟林專務其實聊過一些，我覺得他對妳沒什麼惡意，他很關心妳。在林若曦這件事上，我看得出來，他真的沒打算責怪妳。他還說一會要轉帳給我，讓我把現金領出來給妳，就怕妳這幾天過得不好。說實話，哥哥把妹妹寵成這樣，我都不一定做得到，你們就不能談談嗎？」

這是真話，如果蕊兒被複製了，然後蕊兒被複製體幹掉，要我這麼掏心掏肺面對一個殺死我妹妹，而且對我的善意毫不領情的人，我真的不敢保證我會做得比林蕭然更好，即便她和我妹妹長得一模一樣。

「修元，我問你一個問題。」

「妳說。」

「你信他，還是信我？」

若嵐把話說到這種地步，是讓我很驚訝的。因為這本身就是一句很沒邏輯的話，或者說，情緒滿滿，根本沒有邏輯存在的空間。

這種句型，在一個被老媽和老婆夾在中間的窩囊男人生活中很常見。

「你信她，還是信我？」

「你幫她，還是幫我？」

「你先救她，還是先救我？」

「你是要和她過，還是和我過？」

這是很頭疼的一件事，你想要和別人講道理，對方和你談感情，於是你只好順著對方談感情，結果導致對方覺得你根本就不講道理，最後你焦頭爛額到恨不得把自己塞進馬桶，按下沖水鈕去太平洋洗滌一下自己崩潰而汙濁的靈魂。

「妳能不能講講道理啊……」我忍不住哀嘆一聲。

「好，講道理。」若嵐的聲音聽上去沒什麼意見，「你覺得我為什麼打電話給你？」

「妳相信我？」

「不是。」若嵐的話如同重錘一般狠狠砸在我的心尖上，砸得我兩眼發黑，羞愧得不知如何是好。「是因為我只能相信你，除了你，我沒有第二個選擇。」

我必須說若嵐說的這句話，情感還是占了很大的重量，並不是很理性，可問題是，她並沒有不講道理。

我可以選擇相信林蕭然或者是若嵐。

而她告訴我，她沒得選。

我被她說服了，但終究還是有些傷感。「……那如果妳錯了呢？」

「你願意面對一個可能犯錯的未來，還是願意面對一個可能永遠沒有希望的未來？」

這還用得著選嗎？

我苦笑，單純就想做個好事，卻和做虧心事一樣難受，「我知道了，妳要的藥我還沒弄到，還需要點時間，妳現在身上錢夠嗎？我把錢給妳？」

若嵐沒說話，我知道她是因為這筆錢來自林蕭然，她不太想接受，可現實條件又不允許她拒絕——看來她真的快山窮水盡了。

於是我只好說道：「大不了妳以後還我總行吧？我現在肯定不能回頭拒絕他的，這樣他就明白我們兩個聯繫上了。」

猶豫了良久，若嵐才給我回應。她近乎用嘆息的口吻說道：「我一會把地址告訴你，去郵局寄一盒水果給我吧。錢和水果放在一起就好，讓你的家人去寄，你別去，收件人填藍偌就行。」

藍偌？

我一愣之後明白過來，是若嵐故意把名字反過來。「好的。」

她真的越發謹慎了，看來是昨天林蕭然派人去找她，讓她神經緊張。複製人的身分，終究給了她有別於常人的壓力，林蕭然哪怕做得再多，恐怕也不能讓若嵐給予他全部的信任。

況且，林蕭然本來就不是老實的類型。工作這麼久，他給我的感觀就是大局優先，只要達到目的，什麼方法什麼代價什麼委屈他都能沖一杯咖啡然後仰頭嚥下。

他很優秀，但這種做法畢竟少了人情味。而這樣的風格，也許是導致了若嵐沒有辦法相信他的主要原因。

話已經說開，也沒有什麼特別的事，我和若嵐便掛了電話。

看著面前兩塊還帶著些許溫度、散發著香氣的牛角麵包，以及淡黃色的蘋果汁，驀然覺得心裡輕鬆了不少，雖然昨夜一夜沒睡所以依舊疲憊……

但今晚，應該可以睡個好覺了。

解決了午餐，我回到公司，就看到部門門口放著兩個大箱子，一堆人站在一邊說著話，我湊過去問了一下，心頓時沉了下來。

被我這烏鴉嘴說中了。

兩個大箱子裡全都是自殺申請，最可笑也最讓人笑不出來的就是，以往的自殺申請全部都是一封封郵寄過來的，而這次直接就集中好一起送過來，好像怕別人不知道這些自殺的人是商量好的。

這並不代表這些申請人都想死，甚至我也知道眼前這些申請信件，恐怕根本就不會累積到第三封，可即便如此，這還是一件讓人喘不過氣來的事。

這是抗議，對市政府一直無動於衷的抗議。

「這算什麼？自殺派對嗎？」程源站在一邊，他的臉色已經不是發青能夠形容的了，我甚至覺得他可以去醫院了。「這個數量，全公司的人再翻十倍都跑不過來！」

「那還跑嗎？」許渝媛站在一旁，她的語氣近乎可以用虛弱形容。這些信件哪怕只分給她四分之一，她也得處理到明天早上——前提是她別的事都不幹。

「這還跑個屁啊！」程源怒罵了一句，然後抱起兩個箱子就走了。「我拿給那幾個說風涼話的董事看看……等事情過去？今天我就快過不下去了！」

我看得出來，程源真的快瘋了，他估計明天連公司都不想來了，不……也許他今天都不敢走出公司回家去。

十分鐘不到，公司下面已經出現了幾個陌生人，二十分鐘後，公司樓下已經圍滿了記者，以及一些憤怒的群眾，門口已經水泄不通了，幾個保全在下面一臉苦澀。而此刻已經回到部門的程源往窗外看了一眼，面無表情，但我看得出他眼裡寫著「生無可戀」四個大字。

從職責上來說，下面那些人，只要想把麥克風遞到我們部門，那就都屬於他的管轄範圍，推都推不掉。

「上面怎麼說啊？」我湊過去問道。

「讓我們什麼都別說，信件也先別處理，不過同時讓我們把回收的事先準備好，用不用得上另外再說。」程源瞥了我一眼，似乎看出我想說什麼，「你還想說什麼？」

我吞嚥了一下口水，「今天你準備怎麼回去？」

他要是有法子，不知道可不可以搭個順風車。

「回去？」程源看了一眼樓下，乾笑兩聲，笑得比哭還難看，「你信不信，我現在出去，不把今天內褲什麼顏色說出來，我連車站都到不了？」

「可躲著總不是辦法吧？這事也不能是我們背這黑鍋啊，找複製人監察廳才對！」

「先不說下面大部分人搞不搞得清這件事，他們都覺得是我們平常管這個管那個才把複製人逼成這樣，就算真的有人清楚，人家就會說你有『把槍口抬高一寸的權利』，我就問你，你抬高了沒？你抬了？那怎麼還這麼多人想死呢？你肯定沒抬！」

我不由得張大嘴巴，看著程源，「你的意思是今天你又回不去了？」

「這個『又』字用得正好，聽得我眼淚都快掉下來了！」程源嘆了口氣，他現在是又難過又疲憊。「你的話，也許可以碰碰運氣，畢竟你不是熟面孔，那些記者不認識你，出去以後哥哥姊姊叫幾聲討討饒，應該還是能走的……我嗎，就別指望了，什麼都不讓我說，怎麼走啊？除非上面有人出面，不當縮頭烏龜，否則肯定不會放過我。」

我只好放棄希望，回到自己的座位，看到好多人都在打電話。

「媽？沒事，不用擔心，就是記者比較多而已，嗯，今天可能不回去了，要加班，事情太多。」

這是許渝媛在說話，她有個很奇怪的特點，和自己老媽說話時口齒總帶點黏，聽起來特別的嗲，讓我寒毛豎起，忍不住用手在手臂上擦了兩下，期望把雞皮疙瘩搓到地上。

許渝媛看到我的動作，她一邊打電話，一邊很凶地瞪著我，舉著差不多橘子大小的拳頭要脅我，可嘴裡的聲調卻酥麻得讓我都快站不穩了。「不用啦，人家明天肯定回去的……哎不會的，有很多男生會保護我的~對，妳女兒就是這麼受歡迎……沒有沒有，都沒感覺啦！」

這件事告訴我們，不要對廣播裡的角色配音員有什麼遐想，對方深情款款地在說「我愛你」的時候，很有可能正在摳三天沒洗的腳，風味甚是純正。

程源的工作就該給許渝媛做，這種話她都說得出口，至少臉皮這一條她肯定是達標的。

我沒有打電話，因為我想看看公司裡的上層是不是一個個都是縮頭烏龜。林蕭然已經做為代罪羔羊辭職了，他們短時間內應該很難找到那麼配合、分量又夠的人，況且如果短時間內再動一個董事會的人，那公司股票就真的不用看了。

既然下了指令讓人「什麼都別說」，就說明有人一定決定好了該說什麼，只是不知道有沒有統一意見後把話說出去。

畢竟，躲是躲不掉的，第二人生目前能做的選擇，就是決定發表的內容，而不是保持沉默。

「有人！好像是徐董事長！」部門裡突然有人驚聲叫了起來，所有人猛地開始湊到窗邊，我也連忙往下一看。

確實是徐源清，只見他向一旁的保全人員打了聲招呼，大門便被打開，不等人潮湧進，徐源清便迎了上去。至於他說了什麼，便聽不到了。

不過沒關係，這種事用腳趾頭想也知道肯定會有現場轉播。

所以我掏出手機，搜索了一下，便看到網路上現場轉播的影片連結。

此刻的徐源清看上去並不如董事會時看似溫吞，卻暗藏鋒芒一樣，他在這一刻顯得很有精神，表情嚴肅，面對一支支湊上來的麥克風，以及周邊憤怒的人群，深深吸了一口氣。「在你們想要問問題之前，請允許我代表公司，就最近，不，這些年所發生的各種不人道的事件，向一直信賴我們的市民致歉。雖是有諸多不可抗力的因素，但第二人生公司絕不會逃避責任。」

說罷，他彎腰，鞠躬，即便年邁，他的動作也做得一絲不苟，

我頓時傻了。

這哪裡是道歉？這哪裡是要承擔責任？這完全就是準備甩鍋的節奏啊！什麼叫記者？記者就是那種相比你的言內之意，他們更喜歡挖掘言外之意的生物。人類口中所說的貧瘠而直白的言語哪裡及得上他們的腦洞？

如同聞到血腥味的鯊魚，頓時就有一個不懷好意的問題被拋了出來——

「請問，董事長您所說的『不可抗力』具體是指什麼？又準備如何承擔責任呢？」

「因為這些年發生了太多令人遺憾的事，我們預計廢除售後服務部，並希望將這些工作外包給值得信賴的政府部門，當然，我們會為此提供足夠的報酬以及技術支援，就看有沒有政府部門願意接手。」

如同水雷在水中炸開，激起了千層浪，畫面中，吵雜聲一下子變大了，麥克風如同利刃一般朝前刺出，早有準備的徐源清平靜地倒退半步。

我的手一抖，差點就把手機弄掉在地上。

這是要把公司的售後服務部取消掉？我自己只是要辭職，他倒好，直接把我所在的這個部門整個賣了。面對社會的輿論壓力，以及來自複製人監察廳越來越嚴格的監督，第二人生如同風雨中飄搖的一葉扁舟，誰都無法預料未來會怎麼樣。

而當所有人都在看這個老奸巨猾的老爺子是硬頂還是縮頭，哪想到他如同一個剛出社會的愣頭青，直接掀了桌子——老子不玩了，你行你上啊！

而且話也說得很妙，「看有沒有政府部門願意接手」。

這句話就是拿一塊板磚一下一下狠狠砸在複製人監察廳的臉上。

這不是誰適合接手的問題，而是一提到這件事，大家只會想到複製人監察廳。因為只有複製人監察廳對複製人有足夠的瞭解，別的部門你讓他們接手，即便有了第二人生公司的支援，恐怕他們也不知從何管起；而且還要被複製人監察廳監督，而利潤的大部分卻由第二人生拿走，畢竟售後服務，在經營上幾乎是一個只出不進的部門。

所以一旦這個問題被拋出來，必須由複製人監察廳出來回答說到底是接，還是不接。

接了，從今往後這個包袱就歸他們了，而且自己監督自己，最終的結果就是哪怕真的沒有問題，在別人眼中也是會有問題的。可不接，你卻整天對第二人生部門的售後服務部指手畫腳，這個不滿意那個不滿意的……

好意思嗎？

售後服務部將直接影響第二人生公司在訂單以及器官上的收入，剔除售後服務部的業務不得不說是一個極為冒險的舉動，可對複製人監察廳來說……

這不是冒險，這是要命。

第六章

沉底的暗湧，小孩的真理

徐源清的採訪並沒有持續太久，老人也沒有請這麼多人進去坐坐的意思，但好在他所表達的態度已經足夠，樓下的記者已經散去了不少。

雖然離下班時間還早，但部門裡的同事們很顯然沒什麼心思了。除了我這種準備要辭職的人，基本上一個個都忐忑不安的。

如果真的取消售後服務部，裁員應該是不會的，但會被分配到哪裡，往往就不由自己做主了，分到氛圍好，油水多的部門還好，如果分到氛圍糟糕，還是清水衙門的地方……可能寫辭職信更好一些。

新人辭職可能相對無所謂，但如果像程源這種老員工，自然就尷尬了。別的部門好位子都有人坐著，他如果被轉走，有人肯給他挪位子嗎？

我看向程源，出乎意料，他似乎鬆了一口氣，朝我笑了笑：「看來今天可以回家了。」

你這戀家有點嚴重啊……這種時候不是應該擔心工作嗎？

我哭笑不得地想著，卻看到門口高林走了進來。他瞥了我一眼，沒有說話，然後朝程源招了招手，程源便跟了出去，也不知道是做什麼去了。

隨後一股莫名的涼意從心底湧了上來。

在身分沒有暴露前，若嵐是隱藏在公司裡的。這固然是一個安全的選擇，但林蕭然不可能不考慮林若曦的存在，如果有一天林若曦不打招呼直接來公司，而林蕭然也沒發現怎麼辦？

那麼對林蕭然來說，就必須給林若曦製造「不可以去第二人生」的動機，以及以防萬一之下的措施。

動機是什麼先不去考慮，以防萬一的保險是什麼？其中之一，就是公司的保全登錄機制。任何外部人員進入公司，都會需要登記個人資訊。

當林若曦進入公司，自然需要登記，如果有過事前的設定，不論是林若曦的樣貌，還是林若曦的名字，都會讓林蕭然以防萬一的預備方案啟動，需要有人通知若嵐，讓她避開，同時派人迎接林若曦，讓她沒有機會和旁人交談。

就如同我那次在公司遇到林若曦不久，劉祕書就出現接走了林若曦那樣。

劉祕書是這個措施下的其中一個部分，而另一個部分，自然是選擇和若嵐同一個部門的人最為合適了。而程源，在林若曦事發之前就知道若嵐的身分了。

他不是因為機緣巧合才知道若嵐的事，他是因為有某種「需要」才會被告知這件事。

所以，他是林蕭然的人，而現在，他似乎和高林走得很近。甚至售後服務部有可能被取消編制，他看上去一點也不在意的樣子……因為他真的不需要擔憂。

他的新位子，已經決定好了。

雖然知道在公司裡有可能被監視，但我開頭也沒想到程源，我一直把注意力放在高林身上。看來公司裡，還是盡可能地少待比較好。

想到這裡，我便直接起身，向門外走去。想著那兩只滿是自殺申請的箱子，心裡不免沉重的同時，卻讓我有了一種異樣的感受。

有點類似慶幸，也有點類似我很少相信的宿命感。

我握著門上的把手想要轉動，手掌卻僵硬得厲害，好像自己是剛從棺材裡爬出來的殭屍。我後退一步，明白自己其實並沒有做好什麼準備。

這是我家門口，現在下午三點，天空陰沉沉的，那種要下雨卻始終不下雨的討厭感覺，讓我整理不好思緒，還沒想好怎麼進去。

其實我之前已經想好了，也確確實實想到了這一步，我以為自己可以很輕鬆的跨過去，結果站到家門口才發現這不是那麼容易的。

並不是不知道該怎麼解釋我最近上班時間這麼自由，家裡人已經知道我要辭職了；我在意的是另一件事，一件我知道那不會成為事實，可提出來，卻終究會讓我很尷尬，甚至愧疚的事。

因為我一向討厭這件事有關的所有東西，即便它是我的工作之一，即便每次它真的到我手上的時候，我都沒有辦法拋下它不管。

「你在門口傻站著幹什麼？」

身後驀然響起的聲音嚇了我一跳，轉過身，便看到蕊兒穿著學生制服，背著書包皺眉看著我，「該不是做了什麼虧心事吧？」

我朝她翻了個白眼。「……為什麼會聯想到這裡啊？」

「以前考試不及格你都這樣啊！」蕊兒的話讓我忍不住臉一熱，只見她很神氣地朝我擺手做不屑狀，「可惜啊，我從來都不知道考試不及格是什麼滋味，缺乏一種人生經歷真的好遺憾呢！」

啊啊！真該讓她學校裡的同學看看她現在的樣子！這種資本家瞧不起勞動階

級的醜惡嘴臉！

「……行行行，妳厲害，不過妳今天怎麼這麼早？」

「因為今天考試啊，考完就可以回來，反正沒課了。」蕊兒表現得很輕鬆，除非是升學考不容大意，否則她都是那種提早交卷的妖孽。

父母眼裡的好孩子在別人家不算什麼，最可怕的是這個好孩子在自己家，即便不想都會被不由自主地對比，然後只覺得自己是從垃圾堆裡撿來的，否則怎麼差那麼多？

記得曾經好不容易考個九十分，喜孜孜地拿回家炫耀，只覺得自己總算接近了妹妹的成績。剛好碰到家裡老頭子很欣慰地看著蕊兒的考卷，見到我回來，掃了一眼我的考卷，便爆出一句讓我當時恨不得掐死這老頭子的話——

「你得意個屁啊，你拿九十分是因為你只能拿九十分；你妹妹拿一百分……是因為考卷只有一百分。」

蕊兒已經回來，我自然沒理由在門口躊躇，於是掏出鑰匙打開門，便看到母親從廚房裡探出頭來，「今天都回來得這麼早啊……」

我含糊地應了一聲，就看到剛才在我面前如同惡魔一般的蕊兒已經化身為天使，去黏似乎正在做點心的母親去了。

我先去洗手間洗了手，就從鏡子裡看到父親從我身後走了出來，他神情淡漠地看著我，卻讓我覺得很緊張。「……幹什麼？」

「你有沒有什麼想跟我說的？」

我覺得自己的心臟狠狠跳了一下，艱難地嚥了口唾沫，「你在說什麼啊？」

「喔。」父親點點頭，他露出一種無所謂的態度，輕描淡寫地說道：「那你想說的時候再找我吧，不過很多事宜早不宜遲，你自己注意。」

說完這句話，他便轉身要走。

而我很沒道理的，心裡冒出了一團火，「你這種高高在上的放養態度是什麼意思啊？」

父親的腳步一頓，他重新轉過頭來，挑眉說道：「少見啊，這種延續到二十多歲還存在的青春叛逆期，是要再發育了嗎？聽說有些人到三十歲都還可以再長高呢……就是不知道長不長腦。」

就像是汽油沾到火星，我氣得只想吐血，可還沒來得及做什麼反應，便聽到母親的聲音遙遙傳來，「我和蕊兒出去買點東西，一會回來，你們要買什麼嗎？」

「草莓牛奶！」父親叫了一聲，然後他不再說話，看向我。

我沒有說話，心裡依舊窩火。但因為母親的聲音，讓我冷靜了些許，只能狠狠地瞪著面前的中年死宅男，一言不發。

父親眉毛一挑，朝我歪歪頭，示意我回應一下。

「老哥你有沒有要買的啊？快說！」蕊兒的叫喊聲也響了起來。

我深深地吸了口氣，大聲喊道：「不用了，謝謝！」

隨後我就聽到門被關上的聲音，母親和蕊兒出門了，於是家裡陷入冰冷的沉默之中。

「我以為只有我對你有意見，倒是沒想到你對我也有意見。」父親朝我勾了勾手，然後重新伸進天藍色的睡衣口袋裡，懶洋洋地說道：「『高高在上的放養態度』，是什麼意思啊？你認為我不管你？你不看看你幾歲了？」

「說得好像我未成年的時候你管了我好多一樣。」我忍不住嘲諷了一句。

我父親真的不太管我，從小到大，也就偶爾理科的成績實在讓他看不過眼的時候才會給我補習幾次，而且態度惡劣。反倒是蕊兒，他課業方面盯得很緊。

「喔，醜陋的嫉妒啊。」父親明白了我的意思，很直白地說出扎心至極的話，

「沒辦法啊，誰讓蕊兒比較可愛呢？給你補習是義務，給蕊兒補習是樂趣，區別很大的。」

嫉妒嗎？說實話，有那麼一丁點，但其實根本無傷大雅。

「我才不是因為什麼嫉妒才跟你說這個的。」

「那是因為什麼？」

我想了一下，用手用力比劃著自己的想法，但卻發現自己似乎只能說出一個不滿的大概，「你對我永遠都是一副『這件事你自己搞定』的樣子。」

「不行？」

「不是說不行，但好歹是父子，你多少關心一下吧？」

「為什麼？」父親很理所當然地反問，一臉茫然。

「啊？」我被這反問的氣勢搞得愣了一下，一瞬間甚至以為我真的問了一個愚蠢的問題，可之後我反應過來，這位父親的腦回路真是詭異到了極點。「你覺得關心一下孩子需要問『為什麼』？」

「嗯，看來要從這裡給你解釋。」父親略顯煩躁地撓了撓頭，看上去他很嫌我麻煩。「你覺得我為什麼總是幫蕊兒補習，卻不太幫你？除了她長得比你可愛這個原因。」

「……這天曉得。」我聳聳肩，忍不住嘲諷了一句：「她比我會撒嬌？」

「你不是很明白嗎？」

「啊？」

「撒嬌就是要我去幫她，很明確地對我說，她一個人不行，她需要我幫忙。」父親看著我，對我攤了攤手，做無可奈何狀，「但你，修元，你幾乎不會尋求幫助。」

「……」

「蕊兒比你直率。她知道自己要什麼，就會問媽媽要零用錢，知道自己什麼不會，就會問爸爸該怎麼做。」父親說到這裡，嘆了口氣，「但你呢？修元，你小時候被一些同學欺負，我記得當時看到你膝蓋上有烏青，所以還問你，你還記得你怎麼回答的嗎？」

我張了張嘴，含糊地說道：「似乎是說，『不小心摔的』。」

「為什麼？」

「……」

「你覺得做為男孩子，被欺負很丟臉，你覺得這些痛苦，只是暫時的，你可以忍受。你覺得如果說出起因是『因為媽媽是複製人，被學校裡的人嘲笑，所以你打人了』，會讓我們感到難過。」

我頓時愕然，張大了嘴看向父親，「你怎麼知道？」

「不然你以為為什麼欺負你的好幾個孩子轉學了，剩下的那些也不找你麻煩了？靠你很耐打嗎？還是靠那個不被我警告就不作為的班主任？」父親嗤笑一聲，那嘲諷的目光讓我想到了姜肅生看猴子的眼神，「當然是我幫忙搞定的，我還讓她閉嘴不可以告訴你，去照顧你那可笑的自尊心。」

我覺得臉熱得發燙，恨不得把頭塞到洗臉臺裡，「……你是說，這都是我自找的？」

「向別人尋求幫助，需要有勇氣去拋棄不必要的面子，你看蕊兒小時候那撒潑打滾的樣子，我跟你媽看都不敢看！」父親似乎回想到那個畫面，打了個哆嗦，忍不住伸出手搓搓左右的手臂做驅寒狀。「如果現在有一個被幫助的機會，那麼大多情況，這個機會是屬於有勇氣求救的人，而不是想要面子，又想要好處的貪心弱者……你弱小，你需要，所以你就該獲得幫助？這邏輯只在童話故事裡，不在現實生活中。

死傲嬌就活該吃虧！

罵不過就打！

打不過就跑！

跑不過就告狀！

這種小孩子基本都懂的事，你整天在那邊糾結來糾結去，然後讓家裡人在旁邊跟你一塊便祕，都不知道該關心還是不關心，臨到頭了你還跟我說什麼『高高在上的放養態度』，這路不是你自己挑的嗎？我們家的規矩，自己點的菜，難吃也不許剩！」

父親一口氣說完，恨鐵不成鋼似地看了我一眼，罵道：「還有沒有屁要放？」

「……沒了。」說完我就忍不住捂嘴——這話就不該回啊！

然後這個中年死宅哼了一聲，便準備轉身回書房。在他的手碰上書房房門的把手時，我終於下了決心。

「等等。」

父親轉頭，不耐煩地問：「又幹麼？」

我看著他滿臉嫌棄的表情，誠懇地說道：「我需要幫忙。」

父親的臉色好看了不少，他滿意地點點頭：「學得挺快，不錯。」

「確切地說，是想要媽媽幫忙，但不知道怎麼開口。」

「什麼事？」

「她可以申請自殺嗎？」

父親聞言，眨眨眼，隨即平靜地走進廚房，拿了一把明晃晃的菜刀出來，對著我緩緩問道：「你剛才說什麼，我好像沒聽清楚，你再說一遍。」

我看了看那鋒利的西式菜刀，艱難地嚥了口唾沫。

第二天，我在公司裡整理著已經化為電子檔的自殺申請。這些都是昨天寄過來的，這麼多自殺申請一家家去跑去分辨自然完全不可能，所以只能一股腦地先盡可能把準備做了。

「修元，又一封申請哦。」

許渝媛遞給我一個藍白信封，我應了一聲，等她轉身工作，我打開信封往裡面看了一眼——是母親的。

於是我將信封放入抽屜，正常工作到中午。

我再次去了那間麵包店，在老位置坐下，環視一下周圍後，掏出若嵐給我的老式手機撥通號碼，一陣忙音後，電話那頭照例還是沉默。

「是我，妳沒事吧？」我率先開口了。

「嗯。」

「錢我放在橘子箱子的底部，我讓我媽幫我郵寄的。快的話今天，晚的話明天可以到，記得去取。」

「謝謝，事情結束我會盡快還你。」

「這不著急，慢慢來就好。」

我和她都沒有提萬一失敗怎麼辦，目前算是我和她共有的默契。我們不想失敗的可能，因為如果失敗了，什麼都無法預料。

如果抖出來，按照現有法律，恐怕連我都要吃官司。

「藥應該會比我想像還要快的拿到手，自殺申請太多，沒有辦法一個個快速分辦，所以目前會縮短流程，雖然肯定還要排隊，不過……我會把我母親申請的那封提前，插隊排進去。」

「你母親？」

「嗯，如果是別人，要麼是回收順利完成，要麼意願改變後，回收取消，藥物自然也會收回，時間無法掌控。我母親的話，至少可以幫我把時間拖到最後，所以，妳需要什麼時候拿到藥？而且，拿到藥以後……」我猶豫了一下，終究還是沒有把求助林蕭然這句話說出來，「妳準備怎麼辦？」

「搭走私船，我會離開這裡。」若嵐沒有隱瞞的意思。

「妳認識走私犯？」我有點奇怪若嵐怎麼會有這種人脈。

「不算太熟，只是因為需要才見過一面。」

我對若嵐的選擇難以置信，「妳寧願去相信一個只有一面之緣的走私犯，都不信妳哥哥？」

「他不會收見過第二次面的船客，還挺老到的，反而讓我安心。」若嵐說到這裡，冷冷地補充一句：「另外，他是林若曦的哥哥，不是我的，而我則殺了他唯一的妹妹。」

「這件事算了。我先把藥給妳再說吧。」我要是不知道就算了，既然知道若嵐把籌碼放到走私犯身上，自然不好坐視不管。

據我所知，走私犯半路上客串一下強盜殺人犯、強姦犯、人口販子什麼的也很常見。

只接有一面之緣的人，某種程度上代表了走私者的緊張，恐怕並不僅僅是謹慎而已，原因往往是積累的罪行足夠讓他下半輩子不見天日。

因為這種犯罪通常來講都不會持續太久，沒什麼人喜歡走私一輩子，基本上賺個幾桶金就走人洗白了。

「對了，妳跟高林熟嗎？」我突然想起高林那次送我走出他的辦公室時，那語氣森然的要脅，「妳得罪過他？」

「高林？」若嵐的語氣有些驚愕，好一會她才說道：「他說了什麼？」

「他一副黑幫老大的德行，語氣超嚇人地說妳不回來也就罷了，回來就得死。」

「……」

「若嵐？」我發現若嵐陷入沉默，頓時覺得她和高林的關係果然不是那麼簡單。

「那是林若曦的鍋，不是我的。」若嵐簡單地解釋了一句後，便語氣堅定地說道：「……不必管他，反正我是要走的。」

她鐵了心要走，要離開這個讓她誕生於世的城市。

雖然這世上最寶貴的東西就是生命，可最殘忍的懲罰，就是除了生命，什麼都不給他。

第七章 高林的威脅，塵封的回憶

和若嵐聯絡完，到我吃完東西，距離上班時間大概還有二十分鐘，算是這幾天來少有的閒暇。倒不是說時間真的都擠不出來，而是沒有辦法順水推舟地遇到，而且，沒有下定決心的人，終究是沒有心思去觀察世界的。

我不想看手機，也不想和人聊天，就那樣靜靜地坐了十分鐘左右，隨後拿起餐盤放到回收區，然後走人。這間麵包店離車站出入口很近，而車站對面就是一座商場，商場外面有一個大螢幕。

這個螢幕會播放新聞以及廣告，我從店裡走出來的時候，正好在播報之前我見過的一則新聞後續。

關於那起飛機失事事件，罹難者名單已經出來了，但事故原因依舊不明，只知道是兩個引擎起火，但起火原因卻仍爭論不休。飛機製造商和航空公司互踢皮球，已經有部分罹難者家屬表示要對航空公司提出訴訟，還有一部分則是在航空公司門口抗議。

畫面切換到抗議群眾的時候，我愣了一下，正想要仔細看的時候，畫面卻已經切換。

我好像在群眾裡看到熟人，是個中年女人，我確定在公司偶爾會看到她。但她不是公司的員工，應該是員工家屬之類的。

有這麼巧？

但如果罹難者名單裡真有我們公司的人，估計也已經傳遍了吧？

嗯，或者是別的什麼人。

我疑惑地走進公司，在要進入電梯的時候，突然想起若嵐說過的那句話，那句讓我感到恐懼的話。

「現在你覺不覺得，韓廣超死的時機，對他來說真的是再好不過了？」

我僵立在電梯門口，電梯門開了，但我沒走進去，旁邊的人疑惑地看了我一眼，便越過我走進電梯。而我轉身走到傳達室門口，問值勤的保全人員：「不好意思？我想問一下。」

「什麼？」戴著大盤帽的中年保全揚了揚眉。

「之前被開除的那個保全，叫什麼來著？」

「叫包俊。」

「怎麼寫呢？」

「包袱的包，英俊的俊。」中年保全回答之後，皺眉問我：「你問這個幹麼？」

「家裡剛好有個許久不曾聯繫的親戚，也姓包。以前私生活比較亂，現在年紀大了，說早年有個不聯繫的兒子叫包軍，我就想確認下是叫包俊還是包君，看來不是。」我一本正經地胡說八道。

中年保全如同看瘋子一樣地看我，也不知道他信了沒有。

我不管他信不信，說聲去工作了就走。進了電梯後，我立刻拿出手機，搜查飛機失事案件的罹難者名單。名單很長，我向下滑了很久，最終在一個名字上定住了。

裡面有個人，叫包俊，性別為男，別的什麼資料都沒有。

我希望這僅僅是一個巧合，但理智以及直覺都在警告我，這個可能性並不高。如同那名叫韓廣超的少年一樣，這名被開除的保全包俊，死去也是十分符合林蕭然的利益的。

如果真的是林蕭然下的手，那一整架飛機的人……僅僅是為了掩蓋他真正想殺的人而已。

我不由得感到了恐懼，我知道的也不少，所以問題自然而然就來了——他會殺我嗎？

恐懼伴隨著我一整個下午，做事都心神不寧，等我回過神來，才發現自己已經回到家裡，天色也已經暗了下來，我拿出舊式手機，打電話給若嵐。

「是我……」

「嗯，怎麼了？」

「我不確定是不是林專務做的，但真的滿巧的，那個公司裡被開除的保全，好像在那架失事的飛機上……」我乾笑兩聲，試圖驅趕內心的恐懼，「再怎麼喪心病狂，應該也不會……」

「我不會說這一定是他做的，但如果是他做的，我並不意外。」若嵐嘆了口氣，「這就是為什麼我一直不想把你牽扯進來。」

聽了這句話，我更加不安起來，看看窗外，只覺得附近可能就有一個電影裡常出現的狙擊手，瞄準鏡的準星正對準我的頭。我站起來把窗簾拉上，略帶結巴地問道：「妳、妳的意思是，他有可能會殺我？」

若嵐哼了一聲，「你現在知道怕了？以前還覺得各種不相信呢你……」

以前也不知道會攤上這麼大的事啊！

不等我吐槽，就聽到若嵐的話音一轉。

「不過，你暫時不用擔心他會殺你。」

「為什麼？」

「我不死，他殺你就沒有意義，他對我下不了手，就不會對你下手……他知道我很在意你。」

這略顯曖昧的話，倒是讓我有點不好意思了，「是、是嗎……」

不過，如果他這麼在意妳，為什麼妳還不願意相信他？

我心中疑惑，卻不好意思把這句話問出來。

也許是明白我想問什麼，若嵐給了我一個我聽不太懂的解釋——

「他確實把我當妹妹看，這一點我承認，絕無虛假，在他眼裡，我應該是他生活中最重要的人，不到萬不得已，他不會殺我……畢竟，他身邊已經沒人了，但這並不代表，他永遠都會這麼對我，尤其是在知道我背叛了他之後。」

「背叛？什麼意思？」

「以後你就知道了……」若嵐不願多談，把話題轉開，「時間我已經定好，下下個禮拜六，你弄得到藥嗎？」

「應該沒問題。」

「如果有意外，提前一天和我說。」

「好的。」

時間在壓抑中流逝，在禮拜四的時候，我收到了第三封來自我母親的自殺申請，這期間我偶爾也會出去裝模作樣地探查，試圖穩住林蕭然的心。

至少，我要表現出，我根本沒有找到若嵐的樣子。下班前，程源通知我去高林的辦公室一趟，估計是林蕭然想來問問找若嵐的情況，又或者是他可能察覺到了什麼。

進了辦公室一看，果然林蕭然也在這裡，自然也沒什麼好驚訝的了。值得注意的是，雖然林蕭然臉上笑意滿滿，但高林卻沉著一張臉，似乎有些情緒在。

雖然他大多就是一張面無表情公事公辦的冰山臉，但一副略顯鬱悶的樣子還是讓我有些驚訝。

起爭執了？為什麼？

我掃視了林蕭然和高林之間，卻猜測不出發生了什麼。

「來了啊？知道我想問什麼吧？」

「目前還沒什麼頭緒。」

「嗯，找她是挺難的，盡力而為就好。」林蕭然點點頭，似乎看上去並不是特別失望，「我還想問問你，從這裡離開後，想不想跟我做點事？」

已經猜測到林蕭然是個什麼樣的人，我自然就想對他敬而遠之。

「我對政治一竅不通，也不是很感興趣。」

「一竅不通可以慢慢學，學著學著自然也會有興趣的。」林蕭然完全不在意我對他的疏遠，相反的還很熱情，「而且說實話，對現在的我來說，那種精通政治規則的老油條又貴又不好用。你先別急著拒絕，我們以後可以慢慢談，薪水什麼的好商量。」

他應該是對短時間內找到若嵐不抱有期望，所以乾脆想把我留在身邊，以觀後效吧？

既然他表露出了這樣的態度，我也不好太不識趣的直接拒絕，便含糊應了一聲，但心裡卻決定離這個有「殺人嫌疑」的傢伙遠一點。

我不知道他是如何做到的，但像這種有著萬貫家財的富二代精英，買凶殺人的能力是不用懷疑的。

林蕭然看了我良久，突然開口：「你是不是有點怕我？」

這都能看出來？

這個問題嚇了我一跳，本能地想開玩笑打混過去，但心中驀然一動，改變了主意，攤攤手說：「經過姜肅生一事，凡是知道內情的，還有多少人會覺得你是善類？如果不是我也想找到若嵐，而且我也確定你真的想幫她，我就……」

我搖搖頭，不再說下去，表明態度就可以了，

畢竟與其說謊增加林蕭然的疑心，讓他增加力度來調查我反倒節外生枝，不如說出部分真話更合適一些。

「是嗎？看來我們真的缺少足夠的交流。那你工作的事先不著急，最近還是麻煩你幫我找找，如果你離開公司後依舊沒有找到，希望你可以繼續幫忙，我付你傭金。」

到這裡就行了，再唱反調，就弄巧成拙了。

「辭職後，我會抽空繼續幫你，但拿錢不大好。若嵐的事，我肯定會盡力而

為。」說到這裡，我小心地觀察林蕭然的表情，又補了一句：「當然，你也別太抱期望。」

「不管怎麼樣，都要謝謝你，有空一起吃個飯吧，希望到時候賞個臉。」

等我從辦公室裡出來，才發現自己背後的涼意，竟然出了一身冷汗而不自知，只能說林蕭然給我的壓力太大了。

等我回到自己的座位，剛想收拾收拾下班回家，許渝媛便叫住我，「藥已經過來了，一共四份，後勤部的人說你隨時可以簽字去領，每次只能按照當天的份額領，如果複製人反悔了，當天就得還回來，再晚都不行。如果公司人不在，就留在後勤部門口的信箱裡就好，記得簽字。」

我一愣，心中猛地一沉，「以前不是如果過了下班時間就等第二天嗎？怎麼規矩變了？」

「還有很多業務流程的變動呢，說是非常時期，以前沒有那麼多自殺申請，要減少各個部門安排回收時的等待時間。」許渝媛抱怨著，看上去很不滿自己的勞動力進一步被剝削，「反正就是變相加班嘍。」

我點點頭，忍著心裡的不適，安慰道：「熬一熬吧，總不會老是這樣。」

「省省吧，上面的人覺得占便宜後會改回來就有鬼了。」許渝媛不屑地說道。

我提著包包走出部門，心裡那股懊惱幾乎快噴發而出。

我幾乎可以肯定，這缺德的招是林蕭然想出來的！他知道若嵐現在最想要的是什麼東西，他甚至知道若嵐為什麼要找我。

並不僅僅是因為若嵐對我另眼相看，還因為我是最容易幫若嵐得到藥物的人。大量的自殺申請導致藥物需求量大，而他也知道，這些自殺申請，可能有一大半是根本不會實施的。

他想根據藥物歸還的延遲狀態來判斷若嵐到底有沒有得到藥，一點也不怕這個企圖心讓我知曉，甚至可以說，這是故意的。

他希望沒人敢把藥物偷出去，這樣就可以把若嵐困在市內。

雖然並不是沒有預料到會有這樣的事，但這在我看來近乎明目張膽，但我卻不能說什麼。

星期六的清晨，我梳洗完畢，來到客廳的餐桌，老爸和蕊兒正等著開飯。老媽小心翼翼地把冒著熱氣的砂鍋放在桌面的隔熱墊上，隨後掀開鍋蓋，白色的蒸汽如雲霧般散開，同時一股溫潤的鮮香氣息撲鼻而來。

看到菌菇以及扇貝立柱在濃稠的棕紅色湯汁中翻滾，餐桌上除了這鍋之外別無他物，我就意識到今天是吃鮑汁撈飯了。

比起桌上的湯鍋，撈飯其實是相對麻煩的料理，做法並不複雜，只是按照家裡的廚房條件，往往需要現做。我家一般都是晚上便把鮑汁湯做好，早上熱一熱就行，唯獨撈飯，必須先煮成半熟，把米粒撈出後再開始蒸，這樣的米粒最後會呈現粒粒分明的Q彈效果。

雖然說是鮑汁湯，但其實我家很少放鮑魚，基本都是用扇貝等一些相對便宜的貝類做代替，算是平民化了。

這種食物在我家其實出現的次數並不多，但以前在重要的日子，比如期末考試那樣的日子裡，是必然會出現在餐桌上的，所以當母親做出這樣的食物時，其實就是在傳達一個意思——加油。

「開動吧，冷了就不好吃了。」老爸在餐桌前摩拳擦掌，這是他最喜歡吃的主食，奈何老媽並不常做。

我坐下來，母親就把兩大勺湯汁淋在飯上，又遞給我小湯匙和筷子。全家只有我和母親喜歡用這樣的方式吃飽汁撈飯，左手拿湯匙右手拿筷子，用筷子把湯汁和米飯挑揀成適合的比例以及大小，再用湯匙舀起塞進嘴裡，吃得又乾淨又方便。

至於老爸和蕊兒，他們就喜歡直接用湯匙，不用筷子，吃得無比豪邁。

鮮香的濃郁湯汁包裹顆粒分明的米粒，在口腔的咀嚼間將溫暖從喉部留下，又在身體中化開，讓人在冬天裡迎來了暖洋洋的早晨。

「吃飽喝足，我去做事。」父親滿足地拍拍肚皮，和我們打了聲招呼，就回他的書房去了。他今天似乎特別喜歡往書房裡鑽，以前都會稍微坐一會。

母親看了他一眼，搖搖頭，問我：「我們什麼時候出發？」

「離公司開門還有點時間，不過也差不多了，吃完東西，收拾好我們就走。」

「好。」

等到一切都收拾好，我和母親到了門口，我回頭看了一眼，「不去和老爸打聲招呼？」

「他說不用。」母親露出溫和的笑容，「反正去去就回。」

我微微一愣，隨即點頭，「嗯，去去就回。」

我和母親上了電車，中途我下車去公司，在門口等公司開門。約莫五分鐘左右，門開了，我便進去簽字，然後拿起箱子就走，時間緊迫，能省一點是一點。

走到公司門口，迎面便撞上正往裡走的高林，我頓時心中一緊，「高專務早。」

「早。」高林打量了一下我手上的箱子，「回收啊？」

「嗯。」

高林抿著嘴，陰沉著臉，「最近你有在找若嵐嗎？」

我最不想和他談的話題就是若嵐，我提了提手上的箱子，苦笑道：「您也看到了，最近事這麼多，我是有在找，不過目前還是沒頭緒。」

高林的眼睛瞇了起來，冷笑一聲，「是嗎，你沒頭緒？你猜別人信不信這話？」

聽到這句話，我的心臟幾乎漏跳了一拍，還不等我回應，一聲問候便從側面

傳來──

「早啊，修元，喔，專務也在啊……早安。」

是程源，他和我打招呼打了一半，便發現高林也在，正想說什麼，卻覺得氣氛有點不對，他小心翼翼地詢問：「有需要幫忙的嗎？」

高林瞥了他一眼，沒理會，而後向我跨了一步，然後用手指一下一下地重重點在我的胸膛，力道之大讓我感到有些疼痛，語氣冰冷地說道：「你給我小心點，盯著你呢。」

說完這句，他也不等我的反應，直接越過我，沉著臉離開了。

程源看了一眼高林的背影，滿臉同情地問我：「你怎麼惹他了？」

「天曉得。」我忍著心裡的憤怒，強笑一聲，不好多說，「估計是以前就看我不順眼了？」

「和上司的關係還是盡量打好，雖然他比林專務脾氣大，但小心點應付，也能應付過去。」程源一臉過來人的表情。

「無所謂了，反正也要辭職了。」

「……那倒也是。」程源點點頭，然後略帶不捨地問我：「不再考慮考慮嗎？」

「還考慮什麼？若嵐不在了，林專務也不在了，新來的上司還看我不順眼，工作內容又累又不開心……」我撇撇嘴，真的是越說越不想幹了，「你看，我隨隨便便就可以找出一大堆離開的理由，留下的理由，哈，要不你幫我想想？」

「被你這麼一說我都想辭職了。」程源無奈地搖搖頭，「可惜不行啊，有孩子有管家婆，不能像年輕時那麼隨意了！」

「幸好我還沒成家。」我笑著附和了一聲，然後把手上的箱子提了提，「還有事要做，先走。」

打完招呼後，我和程源分開，走向地鐵，越走越覺得違和，總覺得哪裡不對，於是我回頭看了一眼公司，輕吐出一口白茫茫的霧氣。

突然覺得鼻尖一涼，隨後眼前就是白色的結晶如同羽毛一般飄落而下。

這不是雨，是雪。

寒意隨著飄雪一點點地瀰漫，落在左眼的睫毛上，我忍不住眨眨眼，將那不適的冰冷甩開——不管如何，先去和母親會合。

上了地鐵，我看了看螢幕上到達目的地的時間，預計還有近一個鐘頭。雖然有心想和若嵐聯繫一下，但出於安全考慮還是作罷。

到了目的地，這是一間叫做「閒樂廳」的中型餐館，生意不好也不壞，看宣傳，似乎招牌是點心類的食物，所以很容易就訂到包廂。我看到對面不遠處停著的醫療車，內心微微一緊，隨後快步進了餐館。

這間餐館用了大量的木材做裝潢，對生活在鋼鐵叢林裡的人來說，至少在視覺上能夠更加地貼近自然，走在木質的階梯上，沒有一點腳步聲這點也讓我很滿意。

這家店是母親要求的，在我的印象中，她很少出來吃東西，能夠把這間店記住，倒是讓我覺得有點稀奇——這家店東西這麼好吃？下次可以試試。

走進小包廂，母親早就坐在那裡了，她捧著一杯熱茶，看到我走進來，微微一笑：「來了啊？」

「嗯，妳怎麼不點些東西吃？」我看了看錶，發現和若嵐約好的時間還差一點，便拉開椅子坐了下來，「這裡似乎是點心比較好吃，如果好吃，妳等會回去還可以帶一點。」

「這裡的點心，自從主廚換了以後，其實就沒有原來那麼好吃了。」

我愣了一下，「妳以前常來？」

「你親生母親學生時期，在這裡打過工。」

這個話題讓我有點不自在，這其實就和與現任女友聊前女友一樣，在現任母親面前聊前任母親也是一種折磨。雖然我明白面前的母親並不會無理取鬧，甚至也感同身受。

可對我來說，我最不喜歡和母親聊的話題，就是這個，這個話題通常是專屬於我和父親的，因為當年母親去世得早，蕊兒的記憶有些模糊，所以連蕊兒我都很少和她聊。

「喔。」我含糊地應了聲，心下有些不安。

「你很怕我和你說起這個？」

我其實反而會奇怪為什麼總有一種人喜歡提這種容易陷入尷尬的話題，難道有錢拿嗎？

也許是最近的壓力過大，也許是猝不及防，我感到自己內心深處逐漸浮現的焦躁，伸出手抓了抓自己的額頭，「嗯，也不是怕，只是關於這個話題，我不知道怎麼接而已。」

「嗯，那你和我不一樣，其實我是怕的。至少我剛來的時候，是怕的。」

母親的話，讓我微微一愣，因為我意識到她這句話背後的意思。她經過了由「怕」到「不怕」的變化，雖然我在當時，真的什麼都沒有感覺到。

「你爸爸當時應該也有感覺吧，所以他讓我來這裡，然後店長給了我三封信，除了你爸爸，你的親生母親在去世前半年，給家裡每個人留了一封信……」母親說到這裡，臉上浮現出緬懷的笑容，「其中第一封，是給我的，不過很簡短，就三句話。」

「三句？」

「嗯，分別是『謝謝妳』，『對不起』，『拜託了』。應該是知道既然我是她的複製，就也不用太多廢話吧，畢竟她想什麼，我應該都清楚的。」

我不由得低頭，沉默起來。我想起小時候和媽媽做了個很天真的約定——我要拿下最討厭的英語滿分，而她要健康地出院。

那也是我這輩子唯一的一次英語滿分。

約定是距離她去世前的一個月定下的，而從她早在半年前就留下遺書的行動來看，她恐怕早就已經絕望了。

等等！

為什麼我去世的母親會知道她有複製？

這麼說來……我愕然抬起頭，看向母親，「難道是她……」

「沒錯，是你親生母親。她讓醫院證明了自己即將不久於人世，然後，偷偷下了複製預訂單，做為遺產，由你爸爸繼承。」

「可老爸明明說是他……」

「這當然是他說謊了。」

「為什麼？」我突然感受到一種懊惱，甚至愧疚。因為有一段時間，我為了這件事，和老爸鬧了很長一段時間的彆扭。

因為我當時覺得，他找了個母親的替代品來糊弄我。

「因為當時你們還小。蕊兒倒還好，不是太懂事，可你當時剛好是快要步入青春期的年紀，如果你知道，我是在你們親生母親活著的時候做的準備，你會怎麼想？」說了這個讓我心裡發悶，並若有所思的問題後，母親嘆了口氣，「你從小就喜歡糾結，你爸爸說，那時候的你連飯碗上的米粒堆得不夠中間都會不高興。你爸爸覺得，你一定會想『這是媽媽不要我們了』，所以他撒了謊，也讓我不要說。我現在偷偷告訴你，你回去不要告密喔，否則他會生我氣的。」

我沒勇氣否認這個可能。

我想起那個每次看到我都把嫌棄掛在臉上的中年死宅，只覺得內心裡被打翻了五味瓶，酸甜苦辣鹹亂七八糟的，也不知道下次碰到這個混蛋時，是該打他一拳呢，還是抱他一下。

「另外兩封給你們的信，這裡的店長對我說，要等你們成年後，在你們人生中重要的時刻，再把信交給你們。」母親從一旁的包裡，掏出一封微微泛黃的信封，「你的這封信，我本來想等到你結婚那天給你的，不過我現在覺得，也許提前到今天，才是最合適。」

說著，她把那封信遞了過來。

我抽出信紙，展開信件，娟秀的字跡連帶著腦海中母親的音容，在這一刻躍然於紙上。

回憶和酸澀，如潮水一般湧來。

第八章 過去的信件，高林的威嚇

修元：

你好嗎？

我寫這封信的時候，是確診胰腺腫瘤第三期的一個星期後，我現在看上去還很健康，所以想趁著自己健康的時候，把想說的話寫下來。

很抱歉，你的母親是個懦弱的人，花了一個星期還沒有平復自己。我去查了這個病症的治癒率，我沒有信心可以邁過這個難關，不過我還是慶幸自己至少有能力接受這個現實，讓我可以留下這封信。

也許是即將面臨人生的終結，一部分以前在意的，現在都不在意了，而還有一部分，卻變得更在意了。我並不算聰慧，可能以我現在的年紀，比打開這封信的你都大不了幾歲，但我還是想和你說一些事，一些我做為一位沒有辦法繼續盡責的母親，竭盡所能，想要告訴你的事。

不要太過逞強，人生每一個岔路口也許讓你猶豫，但也可以讓你休息。我不知道你以後會做什麼，但我希望你可以在完整的家庭裡長大，並擁有健康的身體。

當然，我不會奢望你一生無病無災，但希望你的每一次苦痛，都會成為未來你幸福的種子。

你今年多大了？打開這封信的今天，應該是很重要的日子吧？

你有女朋友了嗎？

你有和妹妹好好相處嗎？

你現在到底是什麼樣子呢？是胖是瘦？有多高？

還是那麼喜歡排列整齊的東西嗎？

我問這麼多，你會煩嗎？

可即便如此，我還是有好多東西想要問你，有好多東西，希望可以親耳從你嘴裡聽到答案。

我太想知道長大後的你了，最近每天晚上都會想像你長大的樣子，猜著如果我在那個時候還活著，你每天回家看到我的時候，露出的究竟是什麼樣的表情。

而我到那個時候，會不會變得嘮叨呢？會不會被你嫌棄呢？

我現在一旦開始想起這些事，就感覺停不下來，還會忍不住笑出來。

謝謝你願意打開這封信，讓我在走了多年後的今天，還可以做為母親，去參與我孩子人生中重要的一天。

但在你接下來的人生裡，我不會再出現了，你可以偶爾想起我，但不該活在生母的影子裡。

去玩耍吧，

去拚搏吧，

去大笑吧，

去哭泣吧，

去做一切你最想做的事吧。

長大後的修元，

我深深地愛你，

即便我從未見過你。

孫嫻　絕筆

自治曆53年6月15日

紙張的最後，我摸上去感到了有部分不自然的摺皺，腦海中自然浮現出十數年前，一邊寫，一邊淚流滿面，卻笑意盎然的臉，不由得長吐出一口氣。

我把信紙折好，重新塞回信封，對母親誠懇地說道：「謝謝，這封信對我很重要，我會好好保存的。」

「這是我該做的。」母親搖搖頭，「不過，你也似乎只有在這種時候，說話才比較率真吧？」

「呃，什麼意思？」

「你為什麼不主動跟我說呢？還要找你爸爸來跟我說？」

我意識到，母親想說的是利用她可以申請自殺的事，我不由得覺得尷尬，一下子感到心虛至極，「因為……因為總覺得是在利用妳最尷尬的事。」

「你說錯了。」

「啊？」

「最讓我尷尬的，不是複製人的身分，而是你需要我幫忙的時候，只能像一個外人一樣迂迴。」母親嘆了口氣，似乎滿是失望，「我在這個家裡已經快十五年了，和你相處的時間，比你親生母親還要長，就因為你不是我生的，在你心裡就差那麼多嗎？」

「我沒有這個意思！」我連忙讓她打住，苦笑道：「我真沒這個意思，媽，只是我偶爾，偶爾會考慮多那麼一點點而已。」

「那你還考慮了什麼？」

「我覺得這件事，有可能會有危險。」我沒有辦法向母親說明林蕭然是一個多麼危險的人物。光這件事已經牽涉到複製人的未來，就足以讓我在面對有可能連累母親這件事上裹足不前。

「我不否認，在有些事上，我確實沒有辦法透露太多。」母親放下茶杯，也許是因為她終究有了些許懊惱，茶杯碰上杯托的瞬間，發出了一聲略響的「喀！」，只見她微皺著眉，「但是修元，只要你和我說實話，只要願意商量，我是否參與進來，選擇權不還是在我嗎？你為什麼要在這之前就替我決定了呢？」

「不，這種事……」

「你怕我明知道這件事裡有太多你沒有預料到的危險，卻依舊願意踩進來，對吧？」

我頓時啞口無言，有心反駁，但奈何真的沒詞了，只好默默地點頭。

「但你在做一件對的事，你是這麼堅信的，而你也需要幫助，如果得不到幫助，恐怕你就有可能失敗，對吧？」

我猶豫了一下。雖然這件事裡存在著許許多多的疑點，但終究還是認為我沒有做錯，至於需要幫助，自然也沒什麼好說的，於是點點頭。

「如果你還沒有開始做這件事，你為了考慮我，最後選擇不做這件事，我不會說你錯了；可你已經做了，我相信你不會不知道這件事隱藏的危險，對吧？」

這個我自然不好否認，摸著鼻子苦笑著點頭。

「那你決定做這件危險的事時，考慮我們了嗎？」

「……」我張了張嘴，沒有勇氣說謊，「沒有。」

「可你需要幫助的時候，為什麼就開始考慮了？」

「……」我啞口無言。

見我不再言語，母親站起來，緩緩走到我面前，她面無表情地揚起手……

「啪！」

我捂著臉，驚愕地看著母親。

她這輩子沒打過我，沒想到今天破戒了。

「半桶水的正義感和半桶水的善良，是這世上最廉價，最虛偽，最無用的東西，除了折磨自己和別人以外沒有任何意義。」說出這句話後，她一把抱住我，鏗鏘有力地說道：「要做就做到底，家裡都支持你！」

事情說開了，自然比什麼都好。眼前的事一件都沒有解決，卻有了撥雲見日之感，我看了下時間，發現差不多了，和母親說了聲，便起身離開。可到了門口我終究不放心，回過頭和坐在椅子上，瞇著眼抿茶的母親說道：「如果一會人來了，妳就說妳已經不想死，剩下的全推到我身上就好。」

「你不用擔心我，你的話……如果有事，可以打給你爸爸，我看到他這幾天好像都在忙你的事，他應該可以幫你。」

「老爸？他在忙我的事？都在忙什麼了？」我有些詫異，除了母親的事，我根本沒和父親求助過。雖說這件事我已經和父親說了七七八八，但我實在想不出在這件事上，有什麼方面是他可以插手的。

「不知道，我也不是很懂，你自己問吧。」

聽到母親這麼說，我也不在意了，先把眼前的事做好就好，「好的，總之我先走了。」

「後門在廚房那裡，我已經幫你打過招呼了。」

母親比我早來，便替我打好了招呼，我忍不住朝她比了個大拇指——這媽真可靠。

於是我下了樓梯，從充滿油煙味的廚房穿過，中間有人詫異地看我幾眼，卻沒有說什麼。而後，當我推開門，便看到了外面，水泥地的小空地，堆放著雜物，左側有個窄小的通道，似乎是兩家院子的圍牆緊靠著，其中一邊的松樹從牆垣冒出，帶來幾分綠意。我向外看去，隱約看得到外面的街道。

回收部的人應該會等時間到了再進去，有母親在裡面周旋，應該還可以拖一點時間，就算公司裡的人有所懷疑，也可以把林蕭然的反應時間延後。當然，如果他們判斷我晚上會乖乖把東西還回去，那就更好了。

雪下得比剛才要大了，但終究還沒有到可以積雪的地步，僅僅是落在地上，就以肉眼可見的速度化開，變成透明的水窪。

我從包裡掏出一把袖珍傘，小心地跨過水窪，走出通道。沒走兩步，我的心卻沉了下去——迎面兩個人向我走來。

兩個人都穿著白長袍，右邊是個中年男人，左邊是個看上去和我差不多大的年輕男子。

看上去，他們全都認得我，左邊的年輕男子略顯狐疑地問我：「你怎麼出來了？那人已經死了？約好的時間不是得再過兩個小時嗎？」

為什麼連後門都有人看著？

我冷汗一下子冒出來了。

可還不等我反應，右邊中年男子的手機卻突然響了起來，他掏出手機一接，「喂？喔，是的，嗯，他出來了，比預計的要早，我正要……啊？可這不合規定啊，呃，好的，我知道了。」

中年男子掛了電話，拍了拍年輕男子的肩膀，「公司要我們現在馬上回去，有事要做。」

「啊？這邊不用管了？」

「嗯，不用管。」中年男子說了這句話後，便朝我點點頭，「回收的話，你可以再叫人。不回收的話，麻煩你到時候記得還東西，必須在今天之內。」

我不明白自己為什麼會逃過一劫，我茫然地點點頭：「好的，辛苦了。」

在路邊，招手讓一部路過的計程車停了下來，報出地名之後，我便強迫自己冷靜下來，去思考自己有沒有什麼疏漏的地方。

計程車開上沿海公路，右側的海岸線如同一把筆直的尺，無限延展過去，似乎要丈量世界的廣闊。

因為若嵐準備利用走私船偷渡，所以我特意讓母親把自殺申請的要求地點盡量安排在近一些的地方，這個部分應該不會惹人懷疑才對，絕對沒有進入複製人禁區，監測系統裡也不會留下異常紀錄。

為了確保流程穩當，在母親之前我一共經歷了三次回收日的工作，其中兩次，因為當事人反悔，最終導致沒有回收。而那兩天，我故意拖了很久，接近晚上十二點我才把東西都還給公司。

按理來說，就算我今天沒有馬上還，在對比之前回收日的表現後，應該也沒有太多可疑的地方才對。

手機響了起來，是我自己的，不是若嵐給我的那支。

這是一個陌生電話，雖然不太想接，但此刻我的心態終究有點類似驚弓之鳥，任何風吹草動我都不敢忽略。本著以防萬一的想法，我將手機接了起來。

「鄭修元，海景好看嗎？」

我猛地倒抽了一口冷氣——高林？

他怎麼知道我在哪裡？

「你怎麼知道我在哪？」在這一刻，我顧不得禮節，只覺得恐慌和憤怒充滿了自己的心，「你監視我！」

「監視？」高林冷笑道：「現在是工作時間吧？上司監督員工有什麼問題嗎？還是說，你現在請假了？」

我氣得渾身直抖，卻也明白這句話根本不好回答。在我留在公司最後的這段時間，請假就代表了我去尋找若嵐，而今天，正是我最不想讓公司知道我去找若嵐的一天。

撐住，過了今天就都搞定了！

「……你怎麼監視我的？」

「這問題不重要，重要的是另一件事……」高林的口吻讓我聯想到張開嘴巴的鱷魚，眼前彷彿有一根根尖利牙齒，上面掛著還留有血腥味的肉絲。「你是不是知道若嵐在哪了？」

「還在查。」

「早點把人交出來，大家不就相安無事了嗎？」高林似乎有些不耐。「如果是想要好處，你可以直接報個數。」

「我已經說了，我真的還在查。」我說到這裡，忍不住刺了他一句：「而且你以為，每個人都像你這樣，那麼有『商業頭腦』嗎？」

商業頭腦四個字，我咬字特別的重。

隨後我聽到高林在電話那頭笑了起來，這是我第一次聽到他的笑聲。他的笑聲比我想像中要開朗一些，他一點都沒有表現出憤慨，甚至很欣賞我說的笑話。

「好小子，有種，那就走著瞧。」

他掛了電話。

是訊號嗎？

可到底藏在哪裡？如何分辨？

我低下頭，猶豫了一下，便打開自殺申請用的箱子，從裡面拿出若嵐要的藥物後，再仔細觀察箱子裡的東西，最後卻不得不承認這是徒勞的。

於是，我只能把自己的手機放進箱子，而後，打開車窗，把整個箱子用力向外一丟——

「你幹什麼！這裡不能丟東西啊！」司機被我的舉動嚇了一跳，忍不住把聲音提高了。

對此，我除了苦笑，只能不斷地道歉。幸好這裡也同樣不許停車，而司機也沒看清我到底丟的是什麼，否則司機停下來讓我把東西撿回來就尷尬了。

這也是無奈之舉。

以林蕭然的能耐，依靠我的手機定位來判斷我的位置不能說是絕對不可能，畢竟是參政的人，再加上林家幾十年積攢下來的財富……我不敢賭通訊公司的節操。

而後，箱子裡的東西，在短期內發現不了問題的情況下，就只能拋棄，我不能把若嵐的位置暴露出去。至少，在她服用藥物後醒過來之前，不能被林蕭然他們得到任何資訊。

我忍不住咬著下唇，之前強制壓下的違和感變得越發強烈了。

事情不對，可到底是哪裡不對了？一定是我碰到不合常理的事。

額頭冒汗，身體微顫，我聽到心臟在胸腔裡有力的跳動，眼前開始放空。我用力地思索，時間一分一秒流逝，那一絲靈感我想抓卻怎麼都抓不到。

就差一點點而已。

計程車裡傳來自然頻道裡，聲音敦厚的男聲介紹大自然的奇妙。

「……在影片中，也許聽眾朋友們早就看過類似的畫面，老虎在帶領幼虎奔跑騰躍時，突然用鋒利的爪子將幼虎抓起來，扔出去；有時還用利齒叼起幼虎，將牠們扔進山澗或溪水之中，然後看著牠們爬上岸來……這看似冷酷的脾性，反而讓幼虎得到更強的生命力。」

這一段話如同一盆冰水從頭澆到腳，冰冷到讓我忍不住打了個冷顫，思緒驀然清晰起來——是高林！

高林他不對勁！

關於若嵐的事，高林的行為現在細細想來，實在太過反常了！

那次林蕭然在高林的辦公室第一次見我，談完話把我送出門口的瞬間，很不友好地向我說過一句「她要麼別回來，回來就死」。

今天早上，他在公司門口如同黑道一般威嚇，風格和前一次如出一轍，「你給我小心點，我盯著你」。

而現在，他又一口道出我的位置，用一種讓我極為不悅的方式來和我交談……

現在回想起來，如果是想要抓住若嵐，應該怎麼做？

第一次的時候，他絕對不應該一次次地用那種方式表達他對若嵐的不友好，特別是以我和若嵐的關係，這種話除了讓我更加緊張，不讓他接觸若嵐，不會有別的想法。

彷彿……就像他根本不希望若嵐回來一樣。

想到這個點，我大腦裡如同黑暗中驀然出現了一道閃電，一瞬間的光明把黑暗的角角落落全部照亮。

沒錯！

按照這個思路……

他說出那句「她要麼別回來，回來就死」的時候，林蕭然就在他背後不遠處。他把我推出房間後對我說那句話時，口氣雖然冷漠，但卻能感覺到他在壓低聲音，他有所顧忌，顧忌誰？除了我……現場只有一個林蕭然！

也許是怕露出破綻，他也不願意讓我知道他在幫我。

所以，他當時說這句話的意思，應該是「讓她快走！否則死定了！」而說「你給我小心點，盯著你呢」時，剛好程源走了過來，而他應該知道程源是林蕭然的人。所以這句話如果換個角度理解，應該就是「小心點，你現在被監視著。」

那麼現在的這通電話……很有可能他身邊也有旁人，而那個人極可能是林蕭然。

他是在警告我，林蕭然現在知道我在哪！

該死！我為什麼沒有早點想到這個？高林的態度讓我對他欠缺好感，所以完全沒有想過他會幫我。而前面公路沒有岔路，下一個目的地林蕭然一定看得出來！

不行，找到若嵐後，必須馬上轉移位置。

「先生，前面差不多到了，我該讓你在哪裡下車？」

回過神來，才發現已經到了目的地，我乾咳一聲說：「前面那間陽光商場門口就行。」

陽光商場建立迄今已經有些年頭了，但因為每隔十年的翻新，所以現在看上去倒還好。這座商場是由兩棟大樓組成的雙子樓，南面的大樓要高上三層，那三層全部由高檔餐廳組成，而北面的大樓頂樓有一個通道連接著南面大樓。

我下了車便走進陽光商場裡，坐著電梯直奔四樓男裝部，在一間叫做「流雲」的品牌店裡，迅速挑了一件連帽的黃色大衣。走進更衣室，隨後撥通若嵐的電話，

「喂？妳還好嗎？」

「嗯，還好，你先去對面賓館開個房間吧，開完了告訴我房號就行，別忘了做個偽裝……」

「不，我覺得我們也許該換個地方。」說著，我便把高林的異常告訴若嵐。

「那就有些奇怪了。」若嵐似乎有些疑惑。

「奇怪？」我頓時有些信心不足，虛弱地問道：「可能是我猜錯了？高林沒那意思？」

「不，高林沒問題，奇怪的是他為何可以做出這個判斷。」若嵐的聲音沒有多少驚慌，但我聽出她開始感到壓力了，「雖然我決定要走，但就算留下，我也不覺得自己必死無疑……他為什麼會有這種判斷？」

「是林專務的關係嗎？」

「不太可能，如果他真要殺我，這些年裡我不知道死多少次了，為什麼還要等到現在？」若嵐語氣篤定到讓我覺得詭異的地步，「況且，我知道至少在現階段，如果有的選，他一定是不會殺我的。」

「……現階段？」我咀嚼著這個微妙的詞，感覺其中滲出的些許寒意。「妳的意思是，過了某個階段，他就會殺妳嗎？」

「你既然中途意識到了，那代表他要找到我們就還需要時間，現在跑來跑去也未必安全，時間上我也來不及，還是按照原定計畫來比較好。」

「也行，那我們先見面吧，具體的細節我們到時候再說。」

而後我掏出錢包看了一下，確認裡面的現金足夠，便走出去，直接付了款，再把我原來的外套放到商場的寄物櫃裡。隨後把大衣的帽子戴上，遮住街道上可能存在的監視器以及凌亂飄舞的飛雪，進了商場斜對面，裝潢帶著曖昧粉色氣息的賓館。

「給我一個房間。」

服務生點點頭，「好的，請問要多久？有什麼特別的需求嗎？」

我總覺得，他在「特別」這兩個字上咬字很清晰，乾笑兩聲說：「不用，就一般的就好，不過我不想和別的房間臨近，否則哪怕隔音好，我都覺得有點不自在。」

從服務生那裡拿了房卡，我走進電梯，抵達房間所在的樓層之後，進了位於左側走廊盡頭的房間，將房號發給若嵐大約十五分鐘之後，她便來了。

口罩和墨鏡，還有一頂鴨舌帽，這樣的打扮在大街上可能誇張了點，不過在賓館出入卻變得沒有那麼顯眼。

她進來後第一件事就是關上門，而後把耳朵貼在門上聽了一會，確認沒有腳步聲接近才轉過頭來，將墨鏡口罩鴨舌帽一股腦地拿下，把手向我一伸說：「藥呢？」

「妳確定現在就吃？說實話，這裡真的不太安全。」

「所以更要加快速度了。」

「妳就不能和我商量一下？妳怎麼知道妳的判斷是絕對正確的？我都幫妳幫到這個程度了，沒必要隱瞞了吧？比如高林，到底是怎麼回事？」

若嵐猶豫了一下，拋出一個把我雷得外焦裡嫩的資訊。「高林喜歡林若曦很多年了。」

原來林若曦不是單純去做小三？而是和高林早有舊情？

我驀然地張大了嘴，「妳說什麼？那他想要弄死妳應該很正常吧？而且很多年？有多少年？」

「確切地說，他喜歡的是以前的林若曦，而且喜歡了很久。直到後來以為林若曦在劫機案件裡出了事，才死心結了婚的。」若嵐說到這裡，頓了頓，「而我，比真正的林若曦更接近以前的林若曦，所以他不想害我，這應該可以確定。」

我想了想高林那張冷冰冰的死人臉，又看了看若嵐，覺得這世界果然很奇妙，什麼事都有可能發生，不過我突然意識到一個問題：「高林很久以前就認識你們了？」

「他從高中開始就和林蕭然是同學了，雖然他們平常隱瞞關係，表現得不是很熟，甚至有點針鋒相對。」若嵐說到這裡，冷笑了一聲，「你該不會以為，他升官這麼快，真的僅僅是憑藉個人努力吧？」

「呃？」我一愣，隨後反應過來，忍不住瞪大雙眼，「不會吧？」

若嵐點點頭，承認了我的猜測，「他是複製人監察廳的，工作內容的一部分就是找第二人生公司的麻煩，很多材料，本就是林蕭然偷偷給他的。不過這件事，基本上沒人知道。」

我想起林蕭然當初那副為公司一切犧牲都願意的樣子，突然感覺到一陣噁心，同時也覺得他去參政真的是入對行。這種不要臉的天分，當政客最合適了。

「那除了林專務，還有誰會想害妳？」

「沒了，不會再有人，除非林若曦復生。」提到林若曦對自己那毫不遮掩的殺意，若嵐忍不住露出複雜的表情。

那就沒其他可能了，林若曦絕對是死了，連員警都已經確認，這個沒辦法弄虛作假。

「想這個沒有必要，不管他想不想害我，我都要走，這對我們當前要做的事不影響。」若嵐搖搖頭，似乎覺得這個問題沒有意義，「況且，至少目前，他是肯定不想殺我的。」

「為什麼是『目前』？」

「因為目前，他還算像個人。」

「妳的意思是他會變？」

「他這些年，一直都在變。」若嵐說到這裡，臉上露出了些許傷感，伸出手來。「別浪費時間了，把藥給我。」

我只好拿出那個只放了一粒藥丸的藥瓶，把整個瓶子遞過去。

若嵐接過，並沒有馬上打開，而是從自己的懷裡拿出一個同樣的小藥瓶，隨手從房間裡拿了一瓶沒開封的礦泉水，先將那粒藥配水服下，約莫三十秒過後，她又拿起我遞給她的「沉睡」。在她即將把藥放進嘴裡的剎那，我喊了聲：「等等！」

若嵐頓住，看向我：「怎麼了？」

「妳就確定這藥吃下去不會死嗎？」

「……廢話。」若嵐說了這兩個字後，毫不猶豫地把藥吞了下去，配了兩口水，便神態自若地躺到床上。床鋪整個都是曖昧的粉紅色，我有點尷尬，轉過頭去不好意思看。

「……你這表現很純情啊，學生味真濃。」若嵐平靜的聲音頓時讓我老臉一熱。

乾咳一聲，我只好轉過頭看向她，隨後我發現她的臉色正以一種肉眼可見的速度變得蒼白起來，忍不住擔心地問道：「妳真確定藥沒問題？」

若嵐微微皺著眉，看上去她真的有點不舒服，隨後眼皮開始打架了。「我大概會在一個小時後醒來，到時候我們馬上……」

她話還沒有說完，頭便軟軟地垂到了一邊。

從這個表現來看，她真的和我以前看到的那些複製人自殺時的樣子一模一樣。我忍不住害怕，但又知道此刻必須相信她的判斷。

我深深地吸了一口氣，把頭轉向一邊，不再看她，以此平復自己的心境。

可當我的目光轉移到一處時，我愣住了。

那是我交給若嵐的藥瓶，打開後，她就直接放在那，瓶蓋朝天，重點是，瓶蓋的內面，有個不自然的凸起！

我連忙走過去拿起瓶蓋，用手指往裡面摸了摸，感受那形狀，隨後只覺得自己的頭皮一下子炸開了——竟然是在這裡？

沒錯，我丟什麼也不可能把藥丟了，林蕭然一開始就知道這一點！

我真是頭豬！看藥瓶是透明的就沒有多想，結果把瓶蓋給忽略了！

等等，別著急，從若嵐進房間開始，至少已經過了十分鐘，既然到現在都沒有人敲門，那麼定位我的人應該還沒有那麼快趕來。

否則真的要抓若嵐，來得也太慢了。

我立刻拿起藥瓶，走進廁所，面對抽水馬桶……我又猶豫了，萬一沖不遠，或者堵住了不是搞笑了嗎？

於是我只好離開房間，用最快的速度下樓，然後走上大街，把大衣的帽子戴上，回到之前的陽光商場裡，只要穿過去，再走個五分鐘就可以遇到一座橋，橋下有一條勝利川。所幸自治市地勢不算平坦，水流湍急，如果我把藥瓶子丟下去，應該可以沖得很遠。

唯一需要祈禱的，就是林蕭然的人沒有那麼快就跟上來。

也許感到我心中的寒意，天氣變得越發寒冷，積雪開始漸漸堆積在樹葉上，化為白色的霜痕。

第九章

祕書的勸說，隱祕的殺意

當我穿過陽光商場，以盡量不引人注意的步調走到勝利川的橋上，隨後我便拿出那已經空了的藥瓶，往下──……

「啪！」

我的手腕突然被人握住，一陣似乎在哪聽過的女聲傳了過來──

「你在幹什麼？這是公司的財產吧？」

抓住我手腕的手指，修長而白皙，手上乾乾淨淨，連指甲油都沒有塗，卻如同手銬一般緊緊地抓住我的手腕。而後我便感到手上一陣疼痛，忍不住哼了一聲，手一鬆，藥瓶便落了下來，被來人的另一隻手接住。

我轉頭看著這個我以前就覺得彆扭的女性，忍不住冷汗從背後滲出。「劉祕書，妳怎麼來了？」

我已經很久沒有看到她了，以前林蕭然在公司的時候，這位女性就整天在林蕭然的辦公室外做事。或者說，看心情做事，對林蕭然的態度也完全不像下屬對上司的態度，可林蕭然完全不在意──所以我曾經一度想歪他們是不是有別層關係。

而林蕭然離開公司後，她也跟著離開，這一次再次出現，她依舊沒有什麼變化。不管是臉上那無所謂的表情，還是身上那套西裝，甚至是剪了短髮卻依然保持的斜瀏海都沒有多少長度和角度上的改變。但我注意到，她的眼底，在這一刻竟然帶了一種我以前未曾注意到，現在發現卻覺得理所當然，如同刀鋒般的銳利氣息。

劉祕書瞇起眼睛，看著手裡的藥瓶良久，「你找到她了啊？」

這句話讓我感覺空氣比剛才更冷了三分，我勉強笑了一聲：「妳說什麼？」

「他讓你幫他找妹妹，你就這麼幫的？」

「我還沒找到。」

「那裡面這顆藥誰吃了？」劉祕書哼了一聲，她瞇起的眼睛讓我聞到了危險的氣息，她的手越抓越緊，我忍著手上的疼痛，沒有吭聲，「今天回收不是應該沒有完成嗎？藥呢？」

我沒有說話，但街上的一些行人已經用略微詫異的眼神看了過來。我和劉祕書的說話聲音並不大，但劉祕書的肢體語言無疑傳遞了許多不好的資訊。

「把人交出來，什麼事都不會有。」

我看了看她如同鐵箍一般扣住我手腕的手，「呵呵」了一聲。

妳一上來就直接動手了，跟我說什麼事都不會有？我看上去有這麼傻嗎？

劉祕書挑眉，她鬆開手，讓我活動一下有些疼痛的手腕，同時退後一步。「你應該知道林先生對妹妹有多看重，如果妹妹不見了，他真的會發瘋的。」

等等，劉祕書看到空藥瓶之後，就認定若嵐的存在？

那只有一個解釋，她知道德魯斯的效用，林蕭然竟然這麼信任她，連這都跟她說了？而且，這女人怎麼手勁這麼大？

原本覺得女人一直跟在林蕭然身邊是因為一些桃色因素，雖然對林蕭然態度怪異，但如果林蕭然口味特殊也不能說沒可能。

可到了現在，我突然意識到這個女人恐怕真的不簡單。

「把人交出來，沒有人會傷害若嵐，她會被保護得很好。」劉祕書面對我，解釋得很有耐性，恐怕林蕭然都未必有這個待遇，「你應該看到林先生參選的政見是什麼，他還在努力地為若嵐製造一個更適合她生活的環境。現在林若曦已經死了，再也沒有人會傷害她，她已經沒有理由離開這裡了。」

我知道這已經無法瞞過去了，但若嵐的要求我還記得。「她有沒有理由，我不知道，但她是否想離開這是她的自由，我無權干涉。」

「你已經在干涉了！這是他們兩兄妹的事！」

「……」

「就算她要走，讓她哥哥幫她不是更好嗎？你至少該讓他們見個面吧？哪怕不是當面，透過視訊通個話不過分吧？」劉祕書向我走近一步，她神情裡帶了些許的厭惡。「你知不知道你在做什麼？如果複製人是財產，你現在就是偷竊，如果這話你聽了不高興，那把她當作人，你現在也是誘拐女性！你以為你在做什麼正義的事嗎？你沒有！你在拆散一個只有兩個人組成的家庭！少在那邊自我滿足了！」

我聽了這些話，心情自然極度不美麗，只想往這個女人臉上打一拳。但一來剛才的手勁讓我明白戰鬥力的差距，二來，我被她這麼一說，多多少少還是有點心虛的，雖然我並沒有改變主意的意思。

「妳只是忠人之事，別給我扣那麼多帽子，我不可能這麼隨隨便便就把朋友賣了。況且，我還沒和你們算跟蹤我的帳呢！」

劉祕書氣急反笑：「……你還有臉說跟蹤，這件事難道不是林先生最先拜託你的嗎？是，我是忠人之事，難道你不是？你指責我跟蹤你，那請問，就憑你現在的所作所為，我跟蹤你，我做錯了嗎？」

我頓時回不了嘴。

這件事確實是我不夠厚道，但誰叫若嵐是我朋友，林蕭然不是呢？

「我的話你不聽，那要不要林先生和你談談？」劉祕書掏出自己的手機，撥通了號碼。「喂？嗯，找到鄭修元了，嗯，但人不在……他不肯說，你試試。」

我猶豫了一下，還沒做出反應，劉祕書就不耐地說道：「都已經捅破了，還有什麼好回避的？哪怕是嘴上，你也總得給人一個交代吧？想蒙混過關是怎麼回事？」

於是我把手機接過，放到耳邊。「專務好。」

「我已經不是專務了，現在，也談不上什麼好不好的。」林蕭然在電話裡笑了笑，他似乎沒有生什麼氣，但我聽得出他有些疲憊。「我不是個好哥哥，她對我有所戒懼，我可以理解，我不怪她，也不怪你。你這樣做，證明我妹妹真的沒有看錯人。」

這話一說出口，反而讓我不好意思了，畢竟這件事歸根結柢，是我對不起林蕭然。這個月我在公司裡的時間少了至少三分之一，卻還能照常收到薪水，某種程度上說，完全就是林蕭然用自己的面子在雇傭我幫他做事。

結果我碰到若嵐後，轉手就把他給賣了。

「你這麼說，搞得我覺得只有自己很不是東西啊……」我忍不住苦笑討饒。

「若嵐走了以後，你要再找她也行，何必急於一時？」

「她如果離開自治市，我還真沒把握再找到她，她離開這裡以後，絕對不會再聯繫我的，這點自知之明我還是有的。」林蕭然坦白得讓我驚訝，他一點都不隱瞞若嵐對他的觀感有多惡劣。

「呃……那若嵐為什麼對你這麼……」

「我讓她失望了，我做了很多很多……」林蕭然說到這裡，頓了頓，似乎難以啟齒。「不好的事，非常不好。但請你相信我，迄今為止，我從來沒有做過一件對不起她的事，以後更不會有。我甚至……可能，是我嚇到她了。這些年，我為了保護她和若曦，做了很多不好的事，讓她對我沒有好感了。」

「甚至什麼？」

「若曦回來後……我有一次曾經問她，想不想變成若曦，如果想，我可以幫她。」

聽了這句話，我頓時遍體生寒。

我沒有繼續追問下去，因為我已經明白了林蕭然的意思。若是若嵐想要變成林若曦，只有一個方法——讓真正的林若曦死去。

我不是不明白林蕭然的意圖。某種程度上，我甚至也明白，活在陰影中的林若曦活得如此痛苦，死去並不是一件不可接受的事，而讓林若曦死去，甚至可以讓若嵐直接擺脫複製人的身分。

畢竟，她做為林若曦的複製人被製造出來，可林若曦回來之後，讓她充滿危機的同時，也帶來了另一個希望，變成一般人的希望。

只要可以讓林若曦死得神不知鬼不覺，然後對外說死的是若嵐就可以了，就如這次一樣。而從林若曦直到最近才死去，只能說明若嵐拒絕了林蕭然的提案，甚至對林蕭然起了警戒之心。

林蕭然那個提案，已經無法用仁慈還是冷酷來形容了，他竟然曾經對自己的親妹妹起了殺心。這等於是告訴若嵐一件事——如果妹妹可以被新的複製人代替，那麼身為複製人的她自然也可以。

「你真的不願意把她交給我？即便我向你保證，絕不傷害她，甚至，如果她見了我之後依舊要走，也不是不可以商量。」

我想了一下，覺得還是不能背叛若嵐的個人意志。「抱歉，除非是她自願，否則我不能把她交給你。」

「那可以讓我跟她談談嗎？電話的方式也行。」

這我倒一下子沒法完全拒絕，只是出於謹慎，也不能就這麼答應。「這恐怕得先問問看了，我沒法做主答應你。」

「那麻煩你先問問，謝謝。」林蕭然禮貌地道了聲謝，隨後話鋒一轉，如同藏在黑暗中的無光冷箭，隱蔽而危險，「她是想走海運吧？偷渡？」

「……」我沒有回答。我覺得這時候做任何多餘的反應都是錯的，反而容易被林蕭然猜出更多的東西。

「不必隱瞞，從你今天回收的地點來看就大概能猜出來了。你們走的是機場的反方向，客運碼頭也不是這個方向，所以……」林蕭然在話語中展露了獠牙，那獠牙看似沒有咬下來的意思，可卻用牙尖摩擦來讓人感覺到一種尖銳的刺疼感。「她找的是哪個船老大？可靠嗎？」

我只覺得渾身發冷。「你這是在威脅嗎？」

「我真的沒有這個意思，雖然聽起來很像個反派人物。」林蕭然嘆了口氣，似乎對我的態度感到苦惱：「我只是要和她談談而已，況且……她在國外安排好的那個人，已經不會來了。」

「國外的人？」我忍不住驚愕，但開口的瞬間我就知道自己不該開口。

「她怎麼可能把所有賭注放到一個不熟悉的船老大身上？一個不當心，不怕翻船嗎？這可是我妹妹，不可能那麼笨。」林蕭然輕輕笑了一聲，似乎對若嵐的做事方式很是認可，可接下來那幽幽的語氣說出來的話，讓我覺得頭皮發麻。「可天有不測風雲啊，人都有生老病死的，就在昨天晚上，那個人在波特蘭被槍殺了，美國這種地方，真是亂得很，人種混雜，槍支氾濫……什麼意外都不稀奇。」

今天人預訂要來，結果昨天晚上就被幹掉了？這巧得想讓人爆粗口啊……

我艱難地嚥了口唾沫，我覺得為了找到這世上僅剩的親人，林蕭然已經快瘋了，他已經完全不顧及自己的罪孽，也完全不在意他人的看法——包括若嵐的。

若嵐說得沒錯，林蕭然這種好意在這種瘋狂之下已經變成了一種堪稱變態的掌控欲。

「我現在在趕往你們那邊的路上，如果能見面，我們也不用浪費什麼時間了。不能見面，我就打個電話，如果她真的一定要走，我可以安排更安全的途徑，新的身分證明，新的人生規劃，只要她想，我都可以幫忙。所以別坐什麼走私偷渡船了，那種船上每年都有人出事的。」林蕭然說到這裡，很誠懇地說道：「萬一真出事了，我哪怕把船老大剁成肉泥都沒意義了不是嗎？」

我只覺得肚子裡有一肚子髒話想罵出來，但最後還是深深吸了口氣。「總之，我先問問她，如果不同意，你也不用來了。」

我不等他反應，便把手機交給劉祕書，劉祕書接起手機，說了幾句。「嗯，好的，我知道了。」

而後，劉祕書掛了電話，看向我，「那你打電話吧。」

「現在？」

「難道你還想過幾個月？」劉祕書斜眼看我，毫不客氣地嗆聲說道：「你覺得我們時間很多嗎？」

我不喜歡她的態度，但還是說：「她還沒醒。」

「什麼意思？」

「妳知道藥的事，不知道這需要一點時間嗎？」

劉祕書聽到我說這句話，神情微微一變，我清晰地看到她眼底浮現的陰霾。

「喔，她果然已經吃藥了是吧？那還要多久？」

「至少再等半小時。」我簡短地回答了這句話的同時，暗自奇怪劉祕書的反應。

為什麼她要在意若嵐吃藥還是沒有吃藥？難道藥有問題？

不對，藥應該沒問題。若嵐明顯要比劉祕書知道得更多，看剛才的反應，劉祕書很顯然之前不知道德魯斯服用之後，會陷入假死，期間會需要一個小時的沉睡。

她不知道，就代表林蕭然沒有告訴她。為什麼沒有告訴她？做為一個要來跟蹤我以便找到若嵐的人來說，這毫無疑問是一個很重要的資訊。

因為這一個小時內，若嵐是處於完全不設防的狀態，只要找到她，她會毫無抵抗力地被帶回去。某種程度上，如果只是單純為了完成任務，恐怕對劉祕書來說，這應該是她最想碰到的情況。

可為什麼看上去她很不高興的樣子？

也許是我說出的消息讓劉祕書不高興，又或許是劉祕書和我之間真的沒什麼好聊的，我和她隨便找了間咖啡店，傻乎乎地坐了差不多快四十分鐘。

而後，我掏出舊手機，當著劉祕書的面撥通電話，在我略顯不安的情緒中，手機裡傳來忙音，卻沒有馬上被接起來。

我頓時一驚，緊張得心跳加速——不會是藥有問題吧？

有心想要回去查看一下若嵐的狀況，但有劉祕書跟著，終究還是不方便。正當我猶豫著，忙音突兀地停了。聽著手機那頭的沉默，我覺得自己的心臟終於又開始平緩地跳動了。

「若嵐？」

「嗯，是我，你怎麼不在？」

「我被找到了，那藥瓶有問題，我發現得太晚，來不及和妳說。」我苦笑著解釋了一句。

「被找到了？」若嵐的聲音變得略顯緊張起來，「你沒事吧？他沒對你做什麼吧？」

「沒妳想得那麼誇張。」我雖然感動於若嵐的關心，但終究是覺得若嵐對林蕭然的戒心實在太過了一點。「只是我和林專務通了個電話，他想要和妳談談，我沒答應，但也沒拒絕，我覺得還是問問妳的意思比較好。劉祕書現在在我面前，就等妳的答覆了。」

我隱晦地提醒她此刻說話並不一定方便。

「見面不可能。」若嵐毫不猶豫地說出底線。

「那通話呢？」

若嵐沒有回答，我猜測她在猶豫，最終她說道：「離開這裡之後，我可以聯繫他一次。」

「在這之前呢？」

「沒必要。」

「……可是，他跟我說了一件事，我不知道真假，但我覺得應該和妳說一下。」我知道若嵐此刻的壓力巨大，可如果林蕭然並不是虛張聲勢，恐怕若嵐還是稍微讓步比較好，至少應該談談：「他說，妳在國外聯繫好的人，在波特蘭出事了，妳有沒有辦法聯繫確認？」

電話那頭，傳來玻璃碎裂的聲音，良久，若嵐說道：「不好意思，打破了個杯子。」

若嵐的心毫無疑問地亂了。

我便不再詢問，不論是無法聯繫，還是聯繫了卻沒有聯繫上，對此刻的若嵐來說區別都不是太大，於是低聲說道：「妳如果沒把握，或者應該和他談談。他剛才對我說，如果妳真要走，他可以安排更安全的途徑，也可以幫妳搞定身分問題。」

「……問題是，我不知道他現在還可不可信。」

「妳如果失去國外那個聯絡人，會有什麼影響？」

「安全性，以及之後的身分，都會有問題。」若嵐在這時候沒有瞞我，看得出來，她變得不像當初那麼堅定了。

「那就談談？」問完這句，我等了好久，也不見若嵐回應，心中輕吐了一口氣——若嵐終究還是妥協了。

這也許是最好的結果，而我也不用提心吊膽地做夾心餅乾。

「妳不說話，我就當妳沒意見了啊……」

「行吧，那就見一面。」如果最後要依靠林蕭然，那麼見上一面自然是無法避免的，若嵐也就不提不見面只打電話的要求了。

聽到這句話，心中大石落下，我點點頭。「行，那我過去接妳。」

「不用，直接在陽光商場的南方出口會合吧。」

電話掛了之後，我看向劉祕書。「她同意見面了，現在去接她。妳和林專務說一下吧。」

「不用了，他之前就在這附近找好場地，他剛才說了，如果不被拒絕，就讓我跟你一起，然後把人帶過去。」劉祕書面無表情，似乎已經對這件事失去了得失之感，再無多少情緒上的波動。「走吧。」

劉祕書不等我回應，便在櫃檯結了帳。「快一點，前面帶路，我今天不想加班。」

這種對工作充滿厭惡的態度，劉祕書真的一點都不掩飾。

我暗自搖頭，帶她走進陽光商場，順著原路返回，期間我們一句話都沒有說，可當我走出商場南方出口，卻發現外面櫥窗裡有一排電視，重點是，電視螢幕上有一位我認識的人，這讓我很意外。

因為這個人應該算不上公眾人物，她是高林的妻子，也許很快就會變成前妻。她是李尤嘉，此刻的她裝扮極為嚴肅，頭髮也高高的盤起，也許是戴著眼鏡的關係，再配上她此刻肅然的表情，讓我感到似乎發生了一件極為嚴重的事。

「——我丈夫已經有了長達兩年的婚外情，經過調查之後我以為鎖定了那個人，結果最後發現，那似乎是林先生的妹妹。而幾年前發生過一件事，林先生曾經在自己妹妹還活著的情況下，複製了她的複製體。雖然是陰差陽錯的誤會所導致，可林先生隱瞞了複製體還活著的事實，同時對社會撒了一個謊，他說那個複製體已經被回收了。」

李尤嘉的話讓我的心沉了下去，忍不住屏住呼吸，我死死地盯著電視，恨不得把手伸進去死死地捂住這個惡毒女人的嘴。但我做不到，我只能眼睜睜地看著她把一些絕對不可以公開的事徹底曝光在大眾面前。

「事實真的是如此嗎？不，因為在前段時間複製人遊行慘案不久，我被告知，這名早已死去的複製人，竟然到此刻才被自己的原型殺死，因為我已經決定和丈夫離婚，所以我想對這件事有更多的瞭解，於是要求查看屍體，卻發現屍體早就已經被處理掉，連一點生物樣本都沒留下……」

李尤嘉昂起頭，從鏡頭的角度，我看到她居高臨下，如同審判法庭上的大法官，冷聲地問道：「所以，請允許我提出一個疑問，『和我丈夫出軌的女性，真的是殺人者嗎？』不，也許我該這麼問，『林蕭然林先生，您讓自己的妹妹去出賣身體，希望來取得我丈夫的支持，對不對？而後，是否還包庇了自己妹妹的複製體，因為她殺死了我這可悲婚姻裡的第三者？也就是她的原型？』不然，為什麼只是殺死一個複製人，你妹妹就不見了？明明不會有人追究，明明連賠償都可以省了，為什麼她會被你藏起來呢？」

李尤嘉簡直瘋了。

她到底是怎麼猜出來死的不是若嵐？

她要報復的不僅僅是高林，還有和高林聯合在一起的林蕭然！我明白了……林若曦和高林的事，完全就是林蕭然默許的！

再加上高林在這件事上的曖昧態度，還有若嵐告訴我高林和林蕭然的同學關係。

我漸漸拼出了真相。

高林曾經喜歡林若曦好多年，但還沒有追到的情況下，林若曦就出了意外，當他死心之後便和李尤嘉在一起，並結了婚。

但這個時候戲劇化的發展是，林若曦活著回來了。

然後，他得到她了，但她已經變得太多。

多到高林沒有辦法接受她，卻也無法捨棄她；而最接近他記憶裡的林若曦，恐怕就是若嵐了。

所以他用自己的方式去幫助若嵐。

腦海裡開始浮現出高林曾經警告我的那句話——

「她要麼別回來，回來就死……我說的。」

而後若嵐的聲音也出現了——

「不到萬不得已……他不會殺我。」

我只覺得手腳冰冷。

難怪高林和若嵐對林蕭然的判斷會有分歧，因為只有高林知道他老婆要鬧事！

真是怕什麼來什麼……

這個萬不得已，出現了。

「哎，高林這廢物，連自已的女人都管不好。」

我僵著脖子轉過頭，發現劉祕書正面無表情地拿出一副耳機戴上，眼裡的那股冷漠，一種極為陌生的色彩浮現，這是我今生從未見過的色彩。

但不需要懷疑，我看到這色彩的第一眼就已經確定了，這是殺意。

心中的警報如同瘋了一般響了起來，冷汗一下子從我背後滲出來。而這時，我看到劉祕書背後不遠處，若嵐正緩緩地走來，我大腦一片空白，想都不想地以幾乎破音的方式把一句話朝若嵐瘋狂吼了出來——

「若嵐！別過來！快跑——」

若嵐一怔，隨後什麼都不問，毫不猶豫地轉身就跑。

好樣的，關鍵時刻可不能犯傻！

我心中給若嵐轉身就跑的慫樣點了一萬個讚，隨後迅速對著轉身看向若嵐的劉祕書狠狠地推了一把，然後不看結果，自己也拔腿就跑。

到了現在，我已經可以確定了，這女人是給林蕭然幹髒活的職業殺手，絕對拚不過的。

做為一個男人，就這麼逃跑確實有點丟人，但不逃可能會丟命！

第十章

狂奔的絕望，死中的生機

李尤嘉對林蕭然的攻擊太過致命。

包庇殺人犯，本就已經屬於刑事責任了，而且還是複製人殺死自己的原型，不論理由是什麼，性質都太過惡劣。尤其是對他來說。

畢竟他是舉著複製人平等化的旗幟競選的。再加上高林此刻的作用，明眼人基本上都看得出來，說林蕭然把妹妹賣了，就為了進軍政壇……不信的人恐怕不多。

雖然我知道這個部分林蕭然很有可能是被冤枉的，但他沒有辦法辯駁。能怎麼說？說我妹妹只是天生喜歡當小三？不是我讓她去的？只是剛好那個人還是複製人監察廳的官員？而這個官員現在剛好接了我原本在公司的位子，還全力幫我競選？

……巧得連豬都不會信。

這還是表面的問題。

如果若嵐以現在的樣子被抓住，在經過員警檢驗之後，發現若嵐不是林若曦，同時身上也失去了複製人獨有的奈米機器人……

林蕭然祕密研製的德魯斯就會暴露在大眾面前。

而德魯斯，在此刻是絕對不能暴露的，至少在林蕭然上位，將複製人平等化這個法案推行之前，是絕對不可以讓人知道。

這是一個程式問題，在法案被推行之前，這個藥只能代表林蕭然的用心不良，甚至直接讓自己妹妹的複製人偷偷服用，占用一般人的資源。

這種事被抖出來，再加上包庇罪，不用提以前他做的骯髒事……別說五年內當上市長，議員大概也沒指望了。

所以此刻對林蕭然來說，當初死的人，必須是若嵐。

可是要怎麼證明這一點？已經沒有辦法證明了，於是他就只有一個辦法——至少別讓人知道活著的是誰。

就好比猜一個被手掌壓在玻璃桌上的硬幣正反面，從上往下看，被遮住了，沒關係，但如果有人蹲下來從下往上看，看到朝下的那一面硬幣時，自然就知道朝上的那一面到底是正面還是反面了。

於是林蕭然現在要做的，就是把這枚硬幣丟進熔爐裡，使其徹底消失在這個世上。

我跑進商場，回頭看了一眼，雖然毫不意外劉祕書沒有追過來，但終究讓我有點失望，我知道她去追若嵐了。這倒不是我為了若嵐願意毫不猶豫把命拚上，而是我覺得，面對劉祕書，我活下來的機會要更大一些。

和武力值的差距無關。單純是我有一般人的身分，別說殺死我，哪怕是傷害我，這個選項也終究是一件麻煩事。自治市的法律可不是說笑的，所以這種事她能不做就一定不會做。

我特意用力推她一把，一部分原因是想拖慢她追若嵐的速度，另一部分也有想激怒她的原因在。可惜這個不把林蕭然放在眼裡的女人沒有上當。

她現在去追若嵐了，這就造成了一個問題，那就是這些可以保護我的法律，根本用不到若嵐身上。

因為即便抖出來，別說判刑，連罰款都可以被林蕭然免了。

我一邊想著，一邊上了二樓。因為整座商場內部是環狀的，中間有幾道樓梯和手扶梯，邊緣則是電梯，所以視野都很不錯，站在高處往下看，可以看得一清二楚。我先是到二樓邊緣的窗戶，試著找若嵐。

砰！

一個爆破聲突兀地響起，而後出現了不知道從哪來的人群驚叫，我微微一愣，隨後只覺得心沉了下去。

還有槍？殺個複製人竟然用到槍，而且還是非法持槍？這還是自治市嗎！

我衝往人群混亂的地方，看到劉祕書舉著一把手槍，似乎還在驚慌散開的人群裡尋找若嵐的身影，看來還沒搞定若嵐的樣子。但這並不代表局面就變好了。因為我看到若嵐蹲低身子，混在人群的另一邊企圖離開，劉祕書雖然沒看到若嵐，但她面對的方向就是若嵐的方向。

她雖然沒看到，但一定鎖定了若嵐的大概位置。

麻煩了麻煩了麻煩了麻煩了……

怎麼辦怎麼辦怎麼辦怎麼辦……

冷靜！

先確定目標！再思考步驟！把計畫定出來！

目標是讓若嵐活著逃出去，除了這個已經沒有別的路了。高林說得沒錯，她留下來就是死。

至於步驟，就是先得把她救出來，然後甩開劉祕書，直奔偷渡船。至於若嵐只見過一次的船老大到底可不可靠……已經沒有考慮的餘裕了。

這計畫簡單粗暴，剩下的就是要攻克難關。

我看到若嵐被逼進陽光商場，而劉祕書沒有急著往裡面追。她站在通道中央，似乎已經沒有辦法確定若嵐在哪了，所以她也不深入，南北兩個出口全在她的視野範圍內。她戴著藍牙耳機，不知道在和誰說話，沒過多久，幾個黑衣人堵在門口，我立刻明白她的意圖。

先確定範圍，包圍住，再一點點地毯式搜索。那些黑衣人倒不是人人都有槍的樣子，除了兩個領頭的掏出一把槍外，大部分都是直接就地取材，從旁邊的店裡拿把折凳，或者拿支球棒什麼的。

恐慌的人群向出口湧去，就看到那兩個領頭的黑衣人朝天開了幾槍，人群頓時老實了。他們開始排隊離去，黑衣人檢查每個人的樣貌，確認沒問題了才讓他們離開，上面樓層的人知道出事了，也走下來。中間有幾個保全想要過來反抗，被那幾個黑衣人直接摺倒，反抗激烈的，乾脆就朝他們腿上開一槍，然後就都乖了。

過了一會，整座大樓的玻璃窗，窗簾全部自動關上。

劉祕書很謹慎，這麼一來，可以杜絕很大一部分遠距離狙擊的可能。

我決定先聯絡若嵐。

我拿出若嵐給我的舊手機，撥通電話，她一定調到了靜音模式，不會引人注意，但希望她沒有謹慎到連震動都關掉的地步。

也許是倒楣了太多天，老天爺終於開眼，若嵐接起了電話，她的聲音微喘。這次她沒有等我說話，直接就開口了：「你在哪？」

我真的要再給她點個讚。

我最怕若嵐這個時候和電視劇裡的角色一樣哭喊著說「我不能連累你！你快走！」、「這樣好嗎？唉，算了吧，也許這就是命」之類的混帳話浪費我的時間。

所以我也簡潔地說道：「我在二樓，妳有沒有好的計畫幫忙逃脫？沒有的話，我有，雖然沒什麼太大把握。」

若嵐輕輕笑了一句，「處女座這時候還是挺有用的。」

妳這時候倒是會開玩笑了！平常怎麼沒這樣的幽默感。

「把妳的方位報給我，我去找妳，我們得先在一塊才行。」

若嵐把方位報給我之後，我掛上電話，悄悄地從安全出口的樓梯摸到一樓。我不死心地看了一眼安全出口，沮喪地發現果然有人堵著。

我在一間女裝店的更衣室裡找到若嵐。

她看上去還算鎮靜，我多少也放心了，隨後我再掏出手機，憑著記憶，撥通了父親的手機。

「報方位。」父親一開口就直切重點。

「我還沒說什麼事呢？」我有些驚訝。

「猜得到，報方位。」

「陽光商場，我們在南棟。」

「那家啊，我知道。那家防火牆的技術年年更新，不過卻更新得一年比一年爛，給我十分鐘。」老爸的臺詞不知為何在我耳朵裡霸氣四溢，「要我怎麼配合你？」

「停電，做得到嗎？」

「維持十分鐘應該沒什麼問題。」

「足夠了。」我心中頓時微微一定。「可以試試，電話別掛，我等你。」

隨後，我讓若嵐待著別動。自己彎著腰，從更衣室出去，找了個角落朝一樓出口看去。

漸漸地，人流逐漸稀疏起來。

而這時，劉祕書朝那些黑衣人打了個手勢，兩邊各有人看到後，便堵住大門，不再讓人離去。

所有人頓時驚怒交加，卻不敢說什麼太過分的話。

隨後，我看到兩個黑衣人拿出幾張照片遞給留下的群眾。

而劉祕書拿出一個紅色的塑膠擴音喇叭，站在中央。「事先說明，我們對大家沒什麼企圖，不求財，不求命，我們只是來找人的，就是相片上的這個女人。只要人找到了，大家都可以走，不會有人受到任何傷害，不用想著跑，兩棟大樓都有人堵著。沒找到人之前，一個人都走不了。」

說到這裡，她突然舉起槍，朝一個向旁邊偷偷開溜的保全就是一槍——

「砰！」

一槍打在保全的腿上，保全慘呼一聲，摔倒在地，隨後又痛又怕地哭叫起來。

「我說話的時候，好好聽話，不要亂動。這次射的是腿，下次便會射頭。」

劉祕書對著眾人說完這句話，看了大聲哭號不止的男人一眼，直接就是一槍擊中了男人的頭，血花四濺。在眾人驚恐的表情中，男人的哭號停止了。劉祕書淡淡地說道：「我在說話，不要發出比我音量還大的聲音，希望大家理解。」

她竟然敢殺人？

想想剛才我竟然推了她一把，我忍不住後怕得倒抽一口冷氣。

劉祕書這話一說，自然沒人敢不理解，只是零星壓抑的哭聲響了起來，哭聲中滿是恐懼。

「我們只是為了找人，雖然不求財不求命，但畢竟時間有限，我們人手也不足，對這裡場所也確實不夠熟悉，所以為了有足夠的效率，麻煩各位幫我們找找人，當然這個我們也不強制，你們只要別礙事就行……在員警來之前，你們是安全的，只要別礙事。」

「那員警來了之後呢？」有個年輕男子小聲問道。

劉祕書似乎很喜歡有人能夠問出適合當前情勢的問題，她微微一笑，秀麗的臉龐讓問話的年輕男子的臉微微一紅，而後被嚇得迅速白了下去。「那就五分鐘隨機殺一個給員警看，爭取足夠的時間，直到找到人為止。喔，另外如果你們願意幫忙找的話，別用電梯，你們只能用走的。」

我心裡沉了下去。

劉祕書很有經驗，知道人手有限、武器有限的情況下，沒有辦法控制那麼多人質，於是就放走了大半的人，直到確定可以鎮住場子。她也很明白在不確定樓層的情況下，貿然使用電梯很容易有漏網之魚，倒不如腳踏實地的用人力逐層搜索，如果電梯這個時候動了，恐怕用腳趾頭想也知道是什麼情況。

地方偏遠，雖然林蕭然的人反應很快，但聚集人手需要時間，這本來是弱項，可如果被恐懼要脅的人們再加進去，那事情就麻煩了。

那些黑衣人包括劉祕書在內，看得出來全都做好了面對警察的覺悟。

從他們的裝備看來，不可能是警察的對手，如果警察真的把這裡包圍住，並且不妥協的話，他們的結局基本就註定了。

這些人根本就已經做好了最壞的打算，他們的目標只有一個，就是殺死若嵐。

什麼人會如此決絕？一個人也就算了，一群人都是如此？

突然腦海中靈光一閃，我摸了摸衣服內側的口袋，確認東西還在——如果是這樣的話，倒不是全無生路。

不，應該說，現在反而變得更有機會了。

不過要盡快，必須在大量員警到達前離開這裡，若嵐被員警抓住和被林蕭然的人抓住，最終的結果恐怕都不會有太大變化。

「老爸，能不能再快點？」我聽到人聲漸近，雖然緩慢，但卻有一種隨時要被發現的感覺。

幸好我得到了想要的回應。「好了，隨時可以開始，大廈的電力系統已經被接管了，包括電梯在內的獨立電源。」

「全部都停掉，電梯可以先不動。」

話音一落，整個大廈內部的燈光突然全部暗了下來，再加上為了防止遠距離狙擊，窗簾早就都關上，整個商場內部引起一片驚呼。我聽到幾聲槍響和充滿恐懼以及痛苦的叫聲……

可能是有人想趁著黑暗逃跑，或者做了什麼其他讓人誤會的舉動，導致那些人亂了。

我沒有動，等到自己漸漸適應黑暗，我摸回若嵐那裡，拉開更衣室的簾子，對她說道：「待會無論發生什麼事，妳都不要出來，等我回來。」

「你行不行啊？」若嵐的語氣充滿懷疑。

「我有個叫申屠宣的朋友，他告訴我，男人不可以說『不行』，特別是在女人面前。」

若嵐冷笑一聲說：「那我猜他沒女朋友。」

若嵐，妳太扎心了。

「總之妳聽我的就行。」我有點惱怒地拉上更衣室的簾子，而後手機放在耳邊，對另一頭的老爸說道：「還在？」

「在。」

「麻煩把我這邊的電梯，上移到十樓，就是連接北棟的那一層。」

「好。」

隔了一會，我瞇眼向外看去，因為實在太暗，我只能看到模糊的身影。約莫十秒不到，有人突然叫了一聲，「老大，電梯動了！往上！」

隨後劉祕書的聲音響了起來，「他們要去北棟，這邊每個出口留兩個人，有問題隨時聯繫，其他人跟我坐電梯……他們跑不了！」

我聽了這句話有些失望，因為劉祕書沒有留下來。

但很快我就調整好心態，瞇眼看著劉祕書他們進了電梯，然後我偷偷摸摸地到了南面出口的服務臺後面，瞇著眼，模模糊糊地看到兩個人影在門口站著。

隨後，我從上衣的口袋，掏出了我一直不願意用，但卻已經用過的東西——強制治療劑。

這是專門對複製人用的東西，雖然說是治療劑，但其實把名字換成「複製人專用麻醉槍」恐怕更好一點。

沒錯，我覺得這些人全部都是複製人。

我一直覺得奇怪，以自治市的治安環境，根本不可能有什麼成氣候的黑道，為什麼林蕭然做了那麼多不好的事，卻一直沒有被抓住把柄。

連個告密者都沒有，這像話嗎？

所以這些一定不是一般人。

我其實一直都陷入一個盲點，因為複製人的地位實在太過弱勢，這種弱勢導致我覺得他們很難有破釜沉舟的勇氣。

當一個族群如果面對的永遠都是恐懼的現實，他們是絕不會誕生勇氣的，但如果在這群充滿絕望的人面前，給了他們一道光……恐怕沒有什麼事是這群人做不出來的。

絕望會讓人最終頹廢，希望卻可以讓人一直瘋狂。

僅僅是德魯斯這名字所帶來的那一點點光亮，就足夠讓奧米勒斯教的複製人發瘋。而且林蕭然也不僅僅是利用宗教以及利用藥物。他是真的在為複製人謀福利。哪怕用奧米勒斯教的標準來看，林蕭然也是合格的。

我對準其中一個模糊的身影扣下扳機，那個身影就立刻倒了下去，我來不及喜悅，連忙又對準另一個，待那兩個身影都倒落在地，發出輕微的聲響後，我頓時吐出一大口氣。

隨後悄悄地摸到那兩個人身後，鑽進遮光簾的後面，把門推開，再重新鑽回來，一路小心地回到若嵐所在的女裝更衣室裡。

直到此刻，我才發現自己已經出了一身的汗，黏黏的，讓我覺得無比難受。

「搞定了。」我對著電話說道：「老爸，把電力恢復吧。」

話音一落，燈光亮起，隨後一樓大廳響起了一陣驚呼。

「靠！南面出口怎麼回事，怎麼兩個都倒了？怎麼做到的？」

「門開了！他們跑了！快跟老大說！」

我聽到這段對話，忍不住露出笑容，而若嵐也恍然大悟。

「漂亮。」她忍不住笑著稱讚了一句。

接下來便順理成章，所有的黑衣人都在一次聯繫後離開了這裡，去追捕他們的目標。我相信劉祕書也跟去了。不過為了保險起見，我和若嵐還是在原地再待了大約十分鐘左右。

「爸，有辦法給我們弄一條沒有監視器的路線嗎？」

「一個監視器都沒有的路線不太找得到，只能盡量挑少的……這樣吧，我以我的名義在網上幫你租一輛車，你自己去取，應該會好一點。」

客製化的租車不會有監控，如果租車人的名字不是我，那至少在今天，我和若嵐在路上被發現的機率就幾乎等於零了。

我根據老爸給的驗證碼，在自動取車處拿到一輛福特的越野車——沒想到老爸這麼狂野。

把車鑰匙遞給若嵐，一來我開車真的不如若嵐，二來我也不認識要去那邊的路。

路程大約還有四十分鐘左右，因為耽誤了些功夫，和船老大約好的時間已經有些逼近了，但幸好還來得及。接下來只要把若嵐送上船，就萬事大吉了。

前提是，送得上船。

現在這個情況，不能說樂觀。畢竟林蕭然連若嵐想怎麼走都想到了，又限定在這地區附近的沿海，能上船的碼頭就那麼幾個，最後是否能夠順利和船老大接頭都是問題。

若嵐這邊的優勢，也只剩下林蕭然不知道若嵐找的是哪個船老大而已。幸好若嵐找的是一個特別謹慎的船老大，從對方的角度來看，恐怕林蕭然也不是那麼容易就可以找到他的。

日落西山，我的肚子已經開始餓了；中午就沒吃東西，可現在也實在不是什麼吃東西的時候。比起肚子餓的問題，我倒是更在意雪下得越來越大了。

路面已經開始出現積雪，而若嵐的車速過快，已經被車上的安全程式警告有輪胎打滑的風險——這可是越野車。

當我聽到這個警告的時候，就有點怕死地把安全帶調得更緊一些。

當車在一處有些破舊的大型廢棄倉庫邊停下時，我知道地方到了。和若嵐一起下了車，拉緊衣領，試圖讓寒意不那麼容易傳進體內，但奈何我之前出了汗，衣服都溼了，導致我覺得越來越冷，忍不住打了個噴嚏。

「今年真冷啊……」我哆哆嗦嗦地說道。

「是你太……」若嵐神情突然一變，猛地推了我一把。

「砰！」槍聲響起。

若嵐的右肩爆出一團血花，那一瞬間，我看到若嵐怔忡的目光，她似乎也沒料到會變成這樣。

天空一下子變得更暗了，烏雲越發低垂，讓我覺得此刻天都快塌了。我近乎本能地一把抱住她，把她扶進倉庫裡，在一個貨櫃後面坐下。

隨後我顧不得寒冷，開始脫衣服，直到把自己的內衣脫下，用力撕開，再脫掉若嵐的外套。脫掉她外套的時候她發出一聲痛哼，似乎拉扯到傷口。

我摸了摸她的後背，沒有血跡。還好，不是貫穿傷，這樣至少失血不會過快。我就這麼打著赤膊用內衣撕成的布條把若嵐的傷口連衣服一起綁住，可還沒等我打好結，我便聽到了腳步踩在雪地裡的「沙沙」聲。

聽這腳步聲，對方走得很謹慎。

我連忙把衣服穿上，在這麼冷的天氣下，如果陷入持久戰，恐怕不需要對方開槍，我就得倒下。

「修元。」若嵐臉色蒼白看著我，苦澀的笑容蕩漾開來，「算了。」

鬼才算了！

我不理她，咬著牙，一言不發地拿出了強制治療劑。

「鄭修元，你很聰明啊，可惜沒殺氣，經驗也差了點……你該不是連隻雞都沒殺過吧？」

劉祕書的聲音傳了進來，她小心翼翼地踏入倉庫。也許是因為覺得我們再也跑不了，她的聲音帶了些許的笑意，像極了那種不把人命放在眼裡，隨口談笑的口吻。「我不知道你是怎麼猜出來我們是複製人的，但不管怎麼樣，就靠公司這點對付一般複製人時的基礎訓練，也許能靠偷襲解決幾個混日子的廢物，但對付老兵，你沒戲的。」

我依舊沒有說話，只是蹲下來，悄悄地把若嵐傷口上的結綁得更緊一些，我用力一拉的瞬間，若嵐滿臉痛苦地張嘴，卻一聲都沒有喊出來。

我湊過去，聞著冷空氣中飄蕩的淡淡血腥味，輕輕地在若嵐的耳邊，用顫抖的聲音說道：「就差一步，若嵐，妳就差一步了！就差一步妳就自由了！哪怕最後逃不過要死，也給我死在外頭！」

聽了我這句話，若嵐的瞳孔微微一凝，輕嘆了口氣，點點頭。

「鄭修元，我現在可以給你個機會離開，只要把林若嵐交出來，你什麼事都不會有。」劉祕書繼續企圖說服我，給我增加壓力。隨後我聽到她腳步聲的回音加重，我意識到她爬上貨櫃，居高臨下地搜索著我們。「你日子過得好好的，蹚這渾水幹什麼？你這種人跟我這種人是不一樣的，我命賤，不僅僅是因為複製人的關係，哪怕是原型，為了討生活，我在阿富汗待過，在伊拉克待過，敘利亞也待過……雇傭兵嘛，哪裡亂就得去哪，否則沒錢吃飯。所以你這樣的小鬼，我已經在那些地方宰了很多個了。」

我知道她是想讓我動搖，我知道我不該把她說的話當一回事，但聽到這些話的時候，我還是忍不住內心一沉。

這幾個地方，可不是一個時代的戰爭。

中間跨越差不多快有二十年了，如果她都參加過，那麼只有一個解釋。

這個人和姜肅生一樣，是擁有年老記憶、年輕身體的複製人。

不過如果說姜肅生是純粹走智慧型的怪異天才的話，那麼這位……估計就是從無數生死戰場上活下來的百戰老兵了。

怎麼辦？

有沒有法子？

就這麼打，是肯定打不過的。從我還有時間把若嵐帶進倉庫，脫掉衣服幫她包紮傷口，再加上傷口不是貫穿傷來判斷，她剛才開槍的時候肯定是在一段距離以外。

而那個距離，那個角度，如果不是若嵐推了我一把，恐怕我已經掛了。

她有什麼可以值得利用的東西嗎？

我突然想起，劉祕書不知道德魯斯服用後會失去意識一個小時，同時她很在意若嵐有沒有吃藥，以及她剛才開槍試圖殺死我。這三件事讓我一下子有了靈感。

我抓住了某一個可能……

想到這裡，我對若嵐打了個招呼，讓她在原地先休息一下，而我自己則小心翼翼地移動到另一處，然後放聲說道：「妳放她走，林蕭然未必會給妳的東西，若嵐也許可以給妳。」

「我現在就要林若嵐，別的都不要。」劉祕書一副油鹽不進的樣子。「鄭修元，我的耐性有限，命只有一條，你要好好珍惜才行。你死了，不怕家裡難受嗎？」

「是嗎？連德魯斯都不要？」

「……」

劉祕書許久沒有說話，這讓我忍不住露出了笑容，我知道我猜對了。

劉祕書想要自由，但既然已經為了林蕭然做了那麼多的骯髒事，林蕭然哪裡可能這麼輕易放她走？這等於她的生死完全被林蕭然操之在手，所以才願意這樣賣命。但她知道德魯斯。

她希望能夠擺脫複製人的身分，獲得自由。

而且她這種人，和一般的複製人不一樣。如果林蕭然所推動的複製人平等化法案成功，對她也不會有太大的幫助。因為只要她活在林蕭然的陰影下，這輩子都不可能有自由。

她要自由，就必須得到德魯斯，並且逃離林蕭然。

林蕭然讓她來追殺若嵐，是因為林蕭然相信她一定會用盡全力。因為如果在若嵐服藥之前，把若嵐抓住，那麼劉祕書在服用了本屬於若嵐的德魯斯之後，她就有了逃走的希望。

可她沒有料到，德魯斯竟然還有至少一個小時的無意識期，這足夠林蕭然派人把她找出來弄死了。畢竟，她的天堂鳥一定被林蕭然保存得好好的，即便服用了藥物，但只要在最後的紀錄附近找，是一定找得出來的。

所以劉祕書應該已經意識到，如果她真的服用德魯斯，林蕭然一定不會讓她再醒過來的。

林蕭然沒有放她走的誠意。

如果她想要自由，那就只有一條路，活捉若嵐，威脅林蕭然再給她一份德魯斯，服用之後，確認沒有問題，她再把若嵐交給林蕭然。

而林蕭然如果利用第二人生對她實行強制回收，那麼相信若嵐就會活生生地回到自治市，並被交到林蕭然的政敵手上。

只有活著的若嵐，才對林蕭然有威脅，死了就沒意義了。

所以，剛才我和若嵐兩個人站在倉庫外時，她第一個要殺的是我。否則如果只是為了完成任務，她直接一槍擊殺若嵐就可以了，打我完全就是節外生枝。

「德魯斯，不是已經被林若嵐吃了嗎？」

沉不住氣了吧？

所以說你們這種整天只知道打打殺殺的老殺手，平常不多看點書，增長增長社會常識，現在底子全洩漏了吧？

想到這裡，我喃喃自語：「我就說吧，耶穌都有過猶大這樣的小弟……而林蕭然老幹這種缺德事，哪怕是複製人，又怎麼可能沒有告密者？」

第十一章 梟雄的末路，遠方的來信

「妳不知道這世界上有一個名詞叫備用藥嗎？」我滿嘴跑火車，說著現編的謊話，臉不紅氣不喘，腦子前所未有的活躍。「這可是救命的東西，多備一份有什麼稀奇的？」

劉祕書沉默了一會，終於開口：「好，那你把東西交出來，我讓你們走。」

「這東西不在身上，妳給我聯絡方式，放我們走，安全了我們再告訴妳，妳自己去拿。」

「不在身上？這可是救命的東西，竟然不帶在身上？」劉祕書的聲音一下子冷了，即便我沒有看到她的表情，我也感覺自己彷彿被一條冰冷黏膩的毒蛇纏繞，有種要被窒息和毒素同時殺死的錯覺，「看來你是在騙人吧？你們根本沒有藥！」

我的心猛地漏跳一拍，心思電轉之下，連忙說道：「開玩笑，我們要是帶在身上，妳宰了我們不是照樣可以拿到藥？最後妳還完成任務，趁林蕭然安心的時候自己服藥然後逃跑……妳想得是不是太美了？便宜都給妳占？」

劉祕書這下子倒是沒話反駁了，她看來是接受了我的解釋。

我忍不住拍拍胸口，只覺得自己的小心肝撲通撲通地跳：差點嚇死，有種被刁民質詢怎麼才能發大財的感覺。簡直不識抬舉，我都沒當真，你怎麼能這麼計較？天差點就聊不下去了！

「可你們跑了，最終卻是騙我的，那怎麼辦？」

「若嵐是走了，可我不是還在嗎？如果若嵐沒有，那就由我幫妳弄到藥，弄不到藥妳就弄死我！」別管以後我怎麼給這個人搞到德魯斯，辦法可以到時候再想，先把眼前的關闖過去！

劉祕書似乎在猶豫，她不知道該不該信任我。

於是我就再添一把火，「林蕭然是什麼人妳應該清楚，就算妳抓到若嵐，我問妳，妳有把握百分百讓他妥協嗎？或者說，妳就不怕他往給妳的藥裡臨時添點小材料嗎？妳敢這麼威脅他，還知道他那麼多不可告人的祕密，他要是有機會卻不把妳往死裡整，我以後跟妳姓！」

話說到這分上，劉祕書終於下了決心，「那好，我讓你們走，你們要把藥給我。」

聽到這句話，我小心地從貨櫃後面走出來，舉起雙手示意自己沒有惡意。再看到劉祕書把槍口垂下，徹底放下了心，於是便把若嵐從另一側的貨櫃後面扶了出來。

劉祕書看了一眼受傷的若嵐，眉頭一皺，直接上前把我推開。

我頓時一驚：「妳幹什麼？」

「就你這種破包紮，她活得過三天我把一彈匣的子彈和飯一起炒了吃下去！」劉祕書滿臉嫌棄地看了我一眼，然後抱起若嵐，一個飛躍跳到一個貨櫃上，把她放平，隨後重新包紮起來。

忙了一會，劉祕書才把若嵐重新抱下來。「我只是暫時做了處理，等安定了，還是得去醫院重新治療。」

「謝謝。」我道了聲謝，心裡覺得怪怪的，旋即反應過來：這傷就是她造成的，我謝她幹麼？

「她要是熬不過去掛了，藥就麻煩了。」劉祕書冷冷地回答，「為免夜長夢多，先把她弄到船上休息再說。」

於是，我和劉祕書一起，一左一右扶著若嵐，小心翼翼地往遠處的碼頭走去。因為是貨運碼頭，地方還是不小的，靠岸的船隻都是貨運船，我判斷不會太舒適，不由得有些擔心，但知道目前沒辦法挑剔。

待離得近了，我就問若嵐：「是哪艘船？」

「走過去就行，他看到我會出來接。」若嵐有些虛弱地說道。

果不其然，還沒等我說什麼，就看到有個微胖的中年男子從一艘大船連接到岸上的樓梯走下來，並向我們招了招手，示意我們過去。

「來了啊。」船老大看了一眼臉色蒼白的若嵐，又看了看她受傷的肩膀，皺眉：「船票得加錢。」

「啊？」我茫然了，有這樣的嗎？上船之前臨時加價？

「啊什麼啊？都傷成這副鬼樣子了，搞不好還要人照顧她，難道不該加？」

「到地方會有人給你的。」

「如果沒有，妳可走不了，回程路上餵魚。」船老大哼了一聲，朝我們招招手，「你們把她扶上來吧，然後快點滾蛋，船快開了。」

樓梯太窄，沒有辦法三人並行，於是我和劉祕書便把若嵐小心翼翼地一前一後抬上去，跟在船老大的屁股後面，進了船艙裡的一個房間。隨後船老大朝著一張灰色的床鋪隨意指了指，示意我們把她放上去。

若嵐終於躺上了床，她似乎放鬆了很多，也不再掩飾疲憊，嘆了口氣道：「終於逃出來了……」

「船老大呢？」劉祕書突然皺眉，原來船老大不知什麼時候，連聲招呼都沒打就走開了。

「幹這種事的，妳還指望他有多少講究嗎？避免意外，我們還是先下船，讓他們先走吧。」我只想快點結束這危險的一天，催促道：「否則哪怕沒有妳，其他人追上來也……」

我話還沒有說完，突然船身一顫，隨後顫抖源源不斷地傳來，最後趨於平靜。我向窗外看去，發現窗外的景色在動，頓時一驚，「船老大瘋了？我們還沒下船呢！」

「偶爾出海玩玩不是挺好的嗎？」

一個熟悉的聲音驀然出現，我和劉祕書同時僵在原地，而若嵐沮喪地閉上了眼，似乎滿是失望。

我如同上了發條的劣質木偶，僵硬地轉頭，看向站在門口的男子——林蕭然。

他對我微微一笑：「很意外？」

我苦笑：「你怎麼會在這裡？」

「買票坐船，很單純的。」林蕭然聳聳肩，走了進來。他身後跟著兩個壯碩的水手，如守護神一樣地跟在旁邊，對我們虎視眈眈。

我忍不住冷笑一聲：「你以為我不知道這個船老大做的什麼勾當？」

林蕭然挑眉，輕描淡寫地說道：「我買一張船票，船老大這輩子都不用再跑船，他做什麼勾當還重要嗎？你不用這麼不甘心，我沒比你們早到多久，大概也就二十分鐘，說服船老大五分鐘，剩下十五分鐘在船長室待著等你們。」

劉祕書臉色慘白，秀麗的臉頰已經一點血色都沒有了，嘴脣輕顫。剛才還凶神惡煞的一個人，現在卻如同受驚的小鹿般惹人憐惜。

林蕭然看向她，走過去，伸出手，把她手上拿著的槍拿了下來。

期間劉祕書一點反抗都沒有。

林蕭然對她笑笑：「這麼想走啊？連招呼都不打一個？妳這個月的薪水可還沒結呢，不要了嗎？」

劉祕書終於不再沉默：「你放過我行不行？你都把我變成女人了，還想怎麼樣？你的那些事我不會抖出去的，抖出去也沒人信。」

我聽到這句話，心中一驚，劉祕書的原型是男的？也對，當雇傭兵輾轉那麼多地方，確實很難想像這是一個女兵的形象。

「不把妳變成女人，被人認出來怎麼辦？如果他們發現當年連環殺人案的凶手還活著，會發生什麼事？妳是嫌活得不夠刺激嗎？」林蕭然發出「嘖」的一聲，似乎對劉祕書的態度感到棘手，他想了想，又問了一遍，這次沒有笑容，他很認真地詢問：「真那麼想走？我其實很想妳留下來幫我的，這些年，確實有委屈妳的地方，但我對妳還不算差吧？當我求求妳，能不能再考慮考慮？」

劉祕書低頭，輕聲說道：「……我還是想走。」

林蕭然嘆了口氣，點點頭，拍拍劉祕書的肩膀，「行，畢竟是老夥伴了，我送妳。」

劉祕書一聽，頓時一怔，可還沒等她繼續做出什麼反應，就聽到了「砰！」的一聲。

劉祕書呆滯地低下頭，看著林蕭然的手拿著那把手槍，正對準自己的腹部，潺潺的鮮血源源不斷地流了出來。而後，劉祕書滿臉疑惑地抬起頭，但卻沒說什麼話，只是看著林蕭然。

「本來同在一條船上，大家可以過得很好。」林蕭然搖了搖頭，看上去也很無奈的樣子，看著劉祕書的臉說：「妳非要下船，就代表緣分已盡，只能各安天命。」

說完這句，林蕭然又是「砰！砰！砰！」連開了三槍，而後「啪嗒」一聲，劉祕書變成一塊沒有生命的肉，重重落在地上。

從談話到開槍，到屍體落地，只是幾個呼吸之間的事，林蕭然的狠辣和果斷第一次毫無保留地展現在我面前。

林蕭然轉過身，朝我擺了擺手，他身上那套筆挺的西裝，沾上了點點血跡。

「不聽勸啊，我也沒辦法，我盡力了。」

「你終於不裝了。」若嵐睜開眼看了看地上那具血跡不斷蔓延的屍身，眼底浮現悲哀。

「我沒裝過，至少在妳面前，我真的沒裝。」林蕭然否認，也許是若嵐對他來說終究還是不一樣的，他滿是悲戚地搖搖頭，甚至紅了眼眶。「若嵐，怎麼妳也不肯聽勸呢？我讓妳給我點時間，再等等，等時機成熟了，不那麼倉促，讓我多準備準備，我完全可以把妳的複製人身分解除掉，到時候妳想去哪就去哪，為什麼要這麼著急呢？妳為什麼一定要壞我事？為什麼要幫姜肅生鬧事？他那個人唯恐天下不亂，妳最後死不死他根本不在意。」

「你當初答應我，藥製作出來以後，就讓我走的，是你失約。」若嵐搖搖頭，她看上去沒有一點後悔。她抬起頭，問道：「現在我不聽勸，你是不是也要殺我？至於你說，他在不在意我的死活，這不重要，你在意我的死活，可你現在依舊想殺我對不對？」

林蕭然沒有回答若嵐的問題，而是咬著牙說：「妳如果不亂來，後面不會發生那麼多事，若曦也不會死。」

「你阻止不了一個不想活的人。」若嵐搖搖頭，臉上雖然浮現出略顯複雜的神色，卻沒有任何愧疚之情，「她臨死前跟我說，她殺死我或我殺死她，我們才算活得完整，而她覺得，我是更適合活下來的那個。」

「我承認延遲了讓妳走的時間，藥確實早就研發出來，但我只是希望妳可以光明正大地告訴別人妳是誰，妳可以有留下來的選擇，而不是只能灰溜溜地逃走，彷彿妳見不得光一樣。」林蕭然憤怒地揮了揮手，也許只有面對若嵐，他才會毫不掩飾自己的失望，「妳就對我這麼沒信心嗎？我做得到的！即便是現在倉促了不少，但妳看看，我依然有機會贏！贏面不小！妳為什麼就不肯再等等？」

「因為你而死的人第一次出現的時候，你整晚都睡不著，但如今你可以面不改色地殺了你的祕書，卻連否認要殺我的話都講不出來。」若嵐毫不掩飾眼裡的疏離感，「我已經不認識你了，還怎麼信你？」

「當初確實只是為了做藥給妳，可是，我害死了那麼多人，我必須要給一個交代，我不可能停下來。」

若嵐一點臉面都沒給林蕭然留，她蒼白著臉，冷笑著問：「你的意思是，現在還有人能聽到你給的交代？你身邊還有人？」

林蕭然沉默了一會，伸出手，抹了一下自己的眼角，他吸了吸鼻子，眼眶微紅地看著若嵐，然後抬起手中的槍，指向若嵐，點點頭，「是我對不起你們。」

「砰！」

槍聲響起。

林蕭然呆住了，我也呆住了，若嵐也呆住了。林蕭然身後兩個水手，則直接一屁股坐在地上。

因為槍聲不是這個房間裡的，而是從外面傳進來的，並且一聲聲的慘叫和求饒的聲音也傳進來了。

林蕭然毫不猶豫地轉身出去查看，我也跟了出去。事到如今，哪還有什麼謹慎不謹慎的？反正死活都不是我說了算。

我看到好幾個穿著深藍色迷彩服的白人士兵，手上拿著衝鋒槍，正對準船上所有人，包括剛剛趕過來的林蕭然和我。

我正一臉茫然的時候，卻看到一個熟悉的身影，被一名士兵從登船口拉了上來。

我頓時目瞪口呆。

「姜肅生！你沒死？」

「喲，猴子。」姜肅生朝我打了聲招呼，看他的樣子，我就知道他把我的名字給忘了。

「……原來昨天死的不是你？」林蕭然在旁邊說出了一句讓我心驚肉跳的話。

他這意思……

「都差點被你搞死，你還不准別人給我弄幾個替身什麼的？」姜肅生對林蕭然撇了撇嘴，「我本來不想搞你的，是你要找我麻煩，你自找的。」

「原來若嵐在國外的聯絡人是你？」

這下我明白了，為什麼若嵐明明沒有試過，卻這麼相信藥沒有問題，原來是姜肅生已經吃過了，並表示品質良好！

「你明明在我面前只吃了沉睡的藥而已，根本沒吃完整的德魯斯啊……」

「有一種東西叫膠囊。見你之前塞進嘴裡，要吃的時候直接咬破不就好了？這次算你們運氣好，本來我是和若嵐約好在公海接應她的，哪知道你們這麼沒用。」姜肅生看著我一臉鄙夷，「猴子，你好像沒什麼長進啊。」

「……我叫鄭修元，謝謝。」我忍著朝這個欠扁的男人臉上砸一拳的衝動，咬牙切齒地說道。

「幸好鄭齋定位了你的手機信號，把位置傳給我，否則我還真找不到你們，也沒辦法說服這群海豹……咳，雇傭兵來幫忙。」

這人剛才是想說海豹突擊隊吧？

我只覺得自己的臉部不斷抽搐，「你才走了幾個月吧？怎麼排場那麼大？」

「到了地方，交幾篇論文上去，他們就開始叫爸爸了，那群美國人對自治市的ＡＩ程式很有興趣。」

「這下倒是輸得乾脆。」林蕭然嘆了口氣。

我愣了一下，隨後反應過來，林蕭然這次是真的完了。

自治市最尖端的ＡＩ程式是自治市的最高機密，結果被姜肅生就這麼賣給美國人了。如果姜肅生是一般人，估計自治市就只會把姜肅生弄上黑名單，再檢討一下自己的保密工作，也就沒事了。

但問題是，姜肅生是複製人，而所有人則是林蕭然。

也就是說，姜肅生的一切行為，最終需要負責的就是林蕭然。而姜肅生這個複製人在自治市還是偷偷摸摸搞的違禁品，當初鬧出來，說姜肅生被回收了，社會輿論算是勉強被壓下。

結果現在姜肅生還活著。

林蕭然騙子的名號算是洗不掉了，而不管他是不是自願的，恐怕賣國的帽子也扣死了。

於是，林蕭然遺憾地搖搖頭，「真應該在送你離開的那一瞬間就下手的。」

「再給你一次機會你都不敢。」姜肅生嗤笑一聲：「不確定我有沒有後手，你只會給爺爺我當孫子。」

林蕭然想了想，最終無奈地點點頭，他確實是這樣的人，尤其是面對姜肅生，他覺得自己就該謹慎一些。

到了現在這個地步，林蕭然似乎也放下了，對姜肅生說道：「在美國，有幾間基金是我的，若嵐過去了，你幫她接收一下。」

「你以為她要你的東西？」姜肅生哼了一聲，「那小姑娘可比你有骨氣。況且，你讓我跳海我都不會幫你……你以為這些年的事我都忘了？生死大仇啊，還不止一次。死我都不怕了，你以為我會這麼沒骨氣嗎？」每一次重生都帶著前生的記憶，當然記得自己被殺死一次又一次。

但林蕭然自然知道該怎麼對付姜肅生。「你要是能幫我勸她收下，我就把我爸生前最後幾篇沒發表的論文給你，你讓她接受多少，我就按比例給你多少。」

姜肅生雙目頓時一亮，「好，我一個子都不會讓她給你留下！」骨氣？姜肅生只有脾氣，沒有骨氣。

交談了幾句後，姜肅生也不能久留，畢竟這些所謂的「雇傭兵」是不能見光的，見了光，就不是雇傭兵了——美國絕對不會想惹麻煩。他們帶著不知何時已經昏睡過去的若嵐離開，船老大則老實地返航。都搞成這副德行了，因為槍戰，水手傷了好幾個，再不救治大概要死人了，船也需要修補，否則根本跑不了太遠。

三個月後，林蕭然在自治市的處境急轉直下，因為姜肅生的出賣，以及若嵐的存在被證明，一連串事件都被扯蘿蔔帶出泥般大白於天下。

林蕭然面臨四十多項有罪指控，他的律師團卻交不出多少可以應對的方案。

在林蕭然即將面臨審判的前一天，他打了電話給我，說答應請我吃頓飯，得趁現在請了，否則除非我以後也坐牢，他怕是沒機會請我吃飯了。

依舊是那個脾氣暴躁，態度極差的老闆招待。在他的咆哮聲中，林蕭然笑嘻嘻地點了一桌子菜。

「我都不明白，你都要弄死我了，為什麼你請客我還會過來。」我對自己的行動充滿不解，甚至覺得自己有點不爭氣。我用刀叉把放在面前的牛排，整整齊齊地切成了大約一點五公分長寬的正方體，我覺得這些形狀搭個小型的牛排金字塔估計是沒什麼問題的，心情多多少少變得美麗了點。

「那算什麼，你都對我妹妹圖謀不軌過了，我還不是願意請客吃飯？」

我頓時漲紅了臉，「誰圖謀不軌了！神經病，我跟若嵐就是正常的朋友關係。」

林蕭然端起酒杯抿了一口，搖頭晃腦地如同念詩一般地說道：「異性沒有純友誼，除非你們是夫妻。」

也不知道這個吊兒郎當的混球哪來那麼多的歪理邪說。

「看你現在說話的樣子，滿難想像你明天就……」我說到這裡，搖搖頭。我知道林蕭然瘋狂起來的樣子，所以我到現在還是不喜歡林蕭然，但我必須承認，他現在的樣子，確實很難被討厭。「你怎麼變成這樣了？我聽若嵐說，你開頭好像不是這樣的。」

林蕭然聞言，很是不屑地笑了聲。「這有什麼稀奇的？」

「難道不稀奇？」

「你有沒有聽到過這種類似的事，比如，有個人說，我要賺好多好多錢，讓家人過上美滿而富足的日子，接著他真的努力賺錢。然後他為了努力賺錢用來以後讓家人美滿而富足，就把平常可以讓家人美滿的精力花在工作上，可以讓家人富足的資金，被他花在了投資上，等到回過頭來，他發現不知道什麼時候，賺錢從手段變成了人生目標，而他原來的人生目標，已經毀得差不多了。」

這比喻很荒誕，卻也很現實。

這也讓我好奇了，「那你原來的目標是什麼？」

「原來的目標？」林蕭然聽到這問題，愣了一下，隨後轉過頭去，不再看我，喝起了悶酒，「我忘了。」

林蕭然似乎不想提這個問題，所以他轉移了話題。「說起來，你決定跟高林混了？」

「嗯。」

「我在的時候，你不是說要辭職嗎？」林蕭然瞪大雙眼，不可思議地看著我：「是什麼原因讓你願意忍受高林那張死人臉？」

「你自己都說了啊，是你在的時候我說要辭職，你都不在了，公司也就沒那麼討厭了。」

林蕭然大怒，「我明天就要被審判了，你說話能不能不那麼嗆？能不能換個順耳點的理由？」

我聽到這句話，倒是有點不好意思，畢竟吃了人家一頓飯，不好太打臉，「換個理由？行，就是你雖然不在了，但複製人平等化法案還是被提上日程了，滿有機會過的，所以高林準備從人生售後服務部裡分一個部門出去幹別的，我覺得還算有意思，就接了，以後我就是部門主管了。」

「什麼部門？」

「幫助複製人更好地融入一般人的社會，幫他們找工作啊，找戀人啊，找貸款啊之類的。根據情況，可以讓公司為他們做不同限度的擔保，叫人生仲介服務部。」

林蕭然點點頭，稱讚道：「好主意，有搞頭。」

吃完了飯，結了帳，我和林蕭然道別，在臨走前，林蕭然問我：「明天我審判，你會來嗎？」

「去啊，肯定去。」我點點頭。

林蕭然滿臉欣慰：「雖然不是什麼好場面，但我審判你還來看我旁聽，我頓時覺得自己的人生也不算太失敗。」

聽到這句話，我猶豫了一下，最終還是決定實話實說。「不是旁聽，我是證人。檢察官要我證明你非法持有槍械。」

「靠。」林蕭然翻著白眼對我比出中指，然後轉身就走。

回到家後，蕊兒告訴我有我的國際包裹，箱子不算小，我抬了抬，發現也不輕。

打開後，我發現裡面裝著兩個石雕，分別用防震泡棉包裹，其中一個石雕是跟許渝媛吵架的樣子，我指著她的指甲滿臉不屑，而許渝媛正惱怒地朝我做鬼臉。

另一個石像，則讓我愣住了。

是林蕭然的，或者說，是林蕭然、林若曦，以及若嵐三個人的。他們神態各異，但從動作上看得出，林若曦手上拿著一把刀，林蕭然則用身體覆在若嵐身上，而他的背脊，傷痕累累，全是刀口；而不遠處，當時四肢健全的柴柴正壓低身子，露出了獠牙。

我突然意識到了。

林蕭然嘴裡說忘掉的「目標」。

他只是想讓若嵐得到和一般人一樣的待遇而已。

所以他讓人研發了德魯斯。

所以他提出了複製人平等化法案。

而後，我發現箱子底部還有一封書信，打開來之後，熟悉的字體帶給人的感覺一點都沒有變。

信封裡有兩張一模一樣的照片。

照片裡的若嵐剪短了長髮，頭髮約莫及肩的長度，抓著滑翔翼，翱翔在高空，角度順著她不知何時變得柔和起來的臉，看到了遠方，也看到了屬於她的自由。

信封裡還有一句簡短的話——

最近學了雕塑和照相，一人一份，一份是你的，一份是我哥的。

我微微一愣，隨後輕笑了起來。

後記

終於結束這個系列了。

寫完的時候，我已經分不清自己的靈魂到底是分在若嵐身上多一些，還是修元身上多一些了。

寫這個系列的時候，我遇到了人生中至今為止可能是最大的挫折。

確確實實痛苦了一陣，但反而會開始反省自己，會回過頭去看看這些年自己到底做了些什麼。

一開始沒看明白，後來和以前的編輯聊天時，他可能覺得我陷入痛苦，所以推薦我要不要開一本新書，主題是關於逃跑的。

不過因為一下子沒想到合適的「逃跑」題材，所以我也沒多想。

結果《人生售後服務部》寫到一半，我才發現，這不就是逃跑的故事嗎？我不就是想讓若嵐逃離這個充滿束縛和懋悶的地方嗎？

意識到這件事的時候，我又去翻看了以前的作品。

最初的《時光當鋪》時期，我想寫認識自己的故事，並且希望可以諒解，於是有了《時光當鋪》第五集。

到了《最後晚餐》，我想跨過自己的陰影，所以讓吳恕飽嘗艱辛，最終跨過內心困境，我期望自己也可以如此。

而到了《人生售後服務部》，我發現很多東西和我原本想的不一樣。表面平和的背後，似乎存在著無法清洗的骯髒和卑劣，於是我想逃，就有了若嵐，可我不甘心，就有了修元。

所以我現在才發現，原來自己不知不覺把一些期許投射到書裡，這不是單純在寫一本故事，而是一個整理自己的過程。

寫完這套書，我很滿足，我會尋找自己人生下一個期許。

我會試著讓自己變得輕鬆一點，讓痛苦少一些，讓釋懷多一些。

我會努力的。

感謝大家閱讀到此，希望這套書能讓你們覺得物有所值。

千川

2019年10月21日　浙江杭州

翼想本
人生售後服務部 5

著　者／千川
發 行 人／黃鎮隆
副總經理／陳君平
副　　理／洪琇菁
執行編輯／洪琇菁
企劃宣傳／邱小祐、劉宜蓉
封面插畫／Ooi Choon Liang
美術編輯／陳聖義
國際版權／黃令歡
文字校對／施亞蒨
內文排版／謝青秀

出版／城邦文化事業股份有限公司 尖端出版
台北市中山區民生東路二段一四一號十樓
電話：（〇二）二五〇〇─七六〇〇
傳真：（〇二）二五〇〇─二六八三
E-mail：7novels@mail2.spp.com.tw
發行／英屬蓋曼群島商家庭傳媒股份有限公司城邦分公司 尖端出版
台北市中山區民生東路二段一四一號十樓
電話：（〇二）二五〇〇─七六〇〇（代表號）
傳真：（〇二）二五〇〇─一九七九
中彰投以北經銷／楨彥有限公司
（含宜花東）電話：（〇二）八九一九─三三六九
傳真：（〇二）八九一四─五五二四
雲嘉經銷／威信圖書有限公司 嘉義公司
電話：（〇五）二三三─三八五二
傳真：（〇五）二三三─三八六三
客服專線：〇八〇〇─〇二八─〇二八
南部經銷／威信圖書有限公司 高雄公司
電話：（〇七）三七三─〇〇七九
傳真：（〇七）三七三─〇〇八七
香港經銷／城邦（香港）出版集團有限公司
香港灣仔駱克道一九三號東超商業中心1樓
電話：（八五二）二五〇八─六二三一
傳真：（八五二）二五七八─九三三七
E-mail：hkcite@biznetvigator.com
新馬經銷／城邦（馬新）出版集團Cite（M）Sdn. Bhd.
E-mail：cite@cite.com.my
法律顧問／王子文律師　元禾法律事務所
台北市羅斯福路三段三十七號十五樓
二〇一九年十二月一版一刷
二〇二〇年八月一版二刷

■中文版■

郵購注意事項：
1.填妥劃撥單資料：帳號：50003021戶名：英屬蓋曼群島商家庭傳媒(股)公司城邦分公司。2.通信欄內註明訂購書名與冊數。3.劃撥金額低於500元，請加附掛號郵資50元。如劃撥日起 10～14日，仍未收到書時，請洽劃撥組。劃撥專線TEL：(03)312-4212 ・ FAX：(03)322-4621。E-mail：marketing@spp.com.tw

國家圖書館出版品預行編目資料

人生售後服務部 / 千川作. -- 1版. -- [臺北市]：
尖端出版, 2019. 12-
冊； 公分
ISBN 978-957-10-8798-6 (第5冊：平裝)

857.7 108006107

翼想本